KB240757

야간 비행

쌩 떽쥐뻬리 지음 | 이원희 옮김

소담출판사

이원희

1956년 서울 출생. 프랑스 피카르티 쥘 베른 대학에서 「장 지오노의 작품세계에서 나타난 감각적 공간에 관한 문체 연구」로 석사학위를 받았다.
역서로, 장 지오노의 『소생』, 『언덕』, 『세상의 노래』, 『영원한 기쁨』,
아민말루프의 『마니』, 『타니오스의 바위』, 『사마르칸드』,
엠마뉴엘 베른하임의 『그의 여자』, 『금요일의 저녁』, 『잭나이프』, 『커플』,
다이 시지에의 『소설 속으로 사라진 여자』, 타르 벤젤룬의 『감각의 미로』 등이 있다.

BESTSELLER WORLDBOOK 64

야간 비행

펴낸날 | 2001년 1월 5일 초판 1쇄
　　　　2012년 8월 30일 초판 14쇄

지은이 | 생 텍쥐페리
옮긴이 | 이원희
펴낸이 | 이태권
펴낸곳 | (주)태일소담
　　　　서울시 성북구 성북동 178-2 (우)136-020
　　　　전화 | 745-8566~7　팩스 | 747-3238
　　　　e-mail | sodam@dreamsodam.co.kr
　　　　등록번호 | 제2-42호(1979년 11월 14일)
　　　　홈페이지 | www.dreamsodam.co.kr

ISBN 89-7381-388-9　03860

● 책값은 뒤표지에 있습니다.
● 잘못된 책은 구입하신 곳에서 교환해드립니다.

VOL DE NUIT

Antoine de Saint-Exupéry

남극에서 부에노스아이레스를 향해 파타고니아 노선 우편기를 조종해 오던 파비앵은 바다의 물결로 항구가 가까워졌음을 알듯이 평온한 구름이 보일 듯 말 듯 그리는 잔주름과 그 고요함을 보고 밤이 다가오고 있음을 알았다. 그는 이제 거대하고도 행복한 기항지로 들어서고 있었다…….

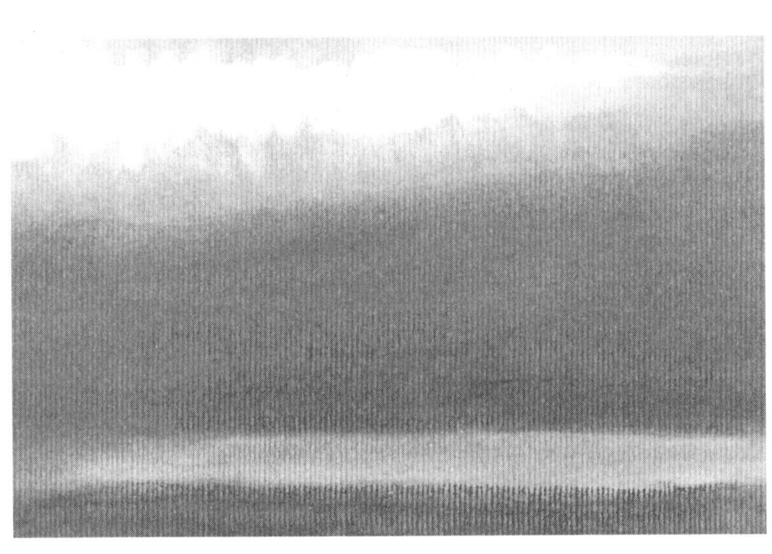

VOL DE NUIT

디디에 도라 씨에게 이 책을 바친다

서 문

　항공 수송 회사는 다른 수송 회사와 속도 경쟁을 하는 것이 문제였다. 이 소설에서 비범한 인물로 그려지는, 항공사의 본부장 리비에르는 이 점을 이렇게 설명한다. "낮 동안에 일껏 철도나 배를 앞섰던 것을 밤마다 잃고 있어서 우리에게 있어 속도 경쟁은 사느냐 죽느냐의 문제이다." 애초에 많은 논란이 일었던 야간 정기 비행은 차츰 허용되어 위험한 실험 기간을 거친 뒤로 마침내 오늘날에는 실용화되기에 이르렀으나, 이 소설에 다루어질 때만 해도 아직은 대단히 모험적인 일이었다. 그렇지 않아도 뜻밖의 사고가 많은 항공로의 예측 못할 위험에, 밤의 위험한 신비까지 보태져 있었던 것이다. 오늘날에도 야간 비행의 위험성이 여전히 크다고는 하지만, 나는 비행이 거듭될수록 그 안전성이 커지면서 위험률 또한 나날이 줄어들고 있다는 사실을 우선 언급해둔다. 그러나 미지의 땅을 탐험하는 경우와 마찬가지로 항공에 있어서도 영웅적인 초기 시기가 있기 마련이다. 바로 그 시기에 하늘을 개척한 이들 중 한 사람의 비극적인 모험을 묘사하고 있는『야간 비행』은 아주 자연스럽게 서사적 색채를 띠고 있다.

나는 쌩 떽쥐뻬리의 처녀작도 좋아하지만 이 작품이 더욱 좋다. 첫 작품『남방 우편기』는 비행사가 회상하는 감동적인 추억에 애정 생활이 얽히는 플롯으로 주인공에게 친밀감을 느끼게 한다. 그 감성적인 주인공에게서 우리는 얼마나 상처받기 쉬운, 그래서 더욱 인간적인 면을 느낄 수 있었던가. 물론『야간 비행』의 주인공도 인간성이 상실되어 있지는 않다. 하지만 그는 자신을 초인적인 용기를 가진 인간으로 승격시키고 있다. 이 생동감이 넘치는 이야기에서 특히 마음에 드는 것은 그 숭고함이다. 인간의 허약함이니 불성실이니 방종함이니 하는 것들은 우리가 익히 잘 알고 있는 것인 데다 오늘날의 문학이 너무나 잘 제시해 주는 것이다. 이에 반해 인간의 긴장된 의지력에 의해서만 도달할 수 있는 자기 초월의 경지는 오늘날 우리가 제시해 주기를 바라는 것이다.

나는 이 소설에 나오는 비행사보다 그의 상사인 리비에르라는 인물에 보다 경탄한다. 리비에르는 자신이 직접 행동하지 않는다. 그는 부하 조종사들에게 행동하게 하고 자신의 용기를 불어넣으며, 그들에게서 최대한의 능력을 요구하고 영웅적 공훈을 세우라고 강요한다. 그는 한 번 결정을 내리면 나약함을 일체 용납하지 않으며, 아무리 작은 과실도 가차 없이 처벌한다. 그의 엄격함이 자칫 지나치게 비인간적으로 보일 수도 있다. 하지만 그가 그 엄격함으로 단련시키겠다고 주장하는 것은 인간 그 자체가 아니라 인간의 '결점' 인 것이다. 이 점을 묘사한 부분에서 저자가 찬양하고자 하는 모든 것을 느낄 수 있다. 특히 내가 상당히 중요하다고 생각하는 심리적인 부분, 즉 인간의 행복은 자유 속에 있는 것이 아니라 의무를 감수하는 것에 있다는 역설적 진리를 명확히 해준 점에 대해 저자에게 감사하게 생각한다. 이 소설 속의 인물들은 모두가 각기 자기가 해내야 하는 그 위험한 임무에 열성적이고 헌신적이며, 그 임무를 성취하고 나서야 행복한 안식을 갖게 된다. 그리고 리비에르는 결코 무정한 사람이 아니며(그가 실종된 조종사의 아내의 방문을 받는 대목 이상으로 감동적인 장면은 없다), 그가 부하 조종사들에게 명령을 내리는 것이 그 명령을 실행하는 것 이상으로 용기를 필요로 한다는 것을 감지할 수 있다.

리비에르는 말한다. "사랑을 받으려면 동정하기만 하면 된다. 하지만 나는 동정하지 않는다. 아니 동정하지 않는 것이 아니라 겉으로 드러내지 않는다……. 내 능력에 나 스스로도 이따금 놀란다." 그는 또 이런 말도 한다. "부하들을 사랑하시오. 하지만 그들이 알지 못하게 사랑하시오."

또한 리비에르가 의무에 대해 갖고 있는 '숨은 생각' 이란 사랑보다 더 큰 힘을 지니고 있다. 인간은 자기 자신 속에서 그 목표를 찾는 것이 아니라, 인간을 지배하며 인간에 의해 구현될 수 있는 그 어떤 것에 종속하여 희생하는 것이다. 나는 여기서 내 작품의 인물 '프로메테' 에게 역설적으로, "나는 인간을 사랑하지 않고, 인간을 괴롭히는 것을 사랑한다" 라고 말하게 한 그 '숨은 생각' 을 발견한 것이 기쁘다. 바로 이것이 모든 영웅주의의 원천인 것이다. '우리는 항상 뭔가 인간의 생명보다 더 값진 것이 있는 것처럼 행동한다……. 그런데 그것이 무엇일까? 라고 리비에르는 생각한다. 작가는 또 이렇게 쓰고 있다. '어쩌면 구해 내야 할 뭔가 다른 것, 인간의 생명보다 영속적인 뭔가가 있을지도 모른다. 리비에르가 일하고 있는 건 어쩌면 인간의 그 부분을 구하기 위한 것은 아닐까? 라고.

과학자들이 참화를 예견하고 있는 미래의 전쟁에서는 남성적인 용기 따위가 쓸모 없는 것이 되어 버릴 가능성이 있기 때문에 군대에서 영웅적 행위에 대한 정신이 상실되고 있는 때에 용기가 가장 눈부시게, 또 가장 유효하게 발휘되는 경우를 볼 수 있는 것은 바로 항공 사업에서가 아닐까? 무모하다고 생각될 일도 그것이 명령받은 행위가 되면 무모하지 않게 된다. 끊임없이 죽을 위험을 무릅쓰는 조종사에게는 우리가 일반적으로 '용기' 라고 하는 것에 대해 갖고 있는 관념을 비웃을 권리가 있다. 쌩 떽쥐뻬리는 내가 그의 아주 오래된 편지를 여기에 인용하는 것을 허락해 줄 것이다. 이 편지는 그가 카사블랑카-다카르를 왕복하는 연락기로 노리나니 상공을 비행하고 있을 때의 것이다.

몇 달 전부터 실종된 동료들을 찾는 일이며, 적지에 주락한 비행기의 응급 수리며, 다카르 노선 우편기 비행 등 할 일이 너무 많아서 언제쯤 돌아가게 될지 모르겠습니다.

최근에 나는 작은 공을 세웠습니다. 무어인 열한 명과 정비사 한 명을 데리고 이틀 밤낮을 보내며 비행기 한 대를 구해낸 일이 있습니다. 위험하고 중대한 일들이 있었습니다. 내 머리 위로 적탄이 날아가는 소리를 처음으로 들었습니다. 그래서 그런 상황에서 내가 어떻게 대처하는지를 알게 되었습니다. 무어인보다는 훨씬 냉정했습니다. 그리고 항상 의아해하던 것, 즉 플라톤이(아니 아리스토텔레스였는지도 모르겠습니다) 어째서 용기를 미덕들 중의 최하위에 놓았는지도 깨달았습니다. 용기는 그리 아름다운 감정으로 이루어진 것이 아닙니다. 그건 그저 약간의 분노와 약간의 허영심, 지독한 아집과 그저 운동을 하는 정도의 즐거움으로 이루어진 것입니다. 특히 육체적 힘을 증대시키는 것은 용기와는 무관했습니다. 옷고름을 풀어헤친 채 팔짱을 끼고 있으면 호흡이 잘 됩니다. 차라리 그것이 유쾌합니다. 그것이 밤에 일어난 일이면 너무나 바보 같은 짓을 했다는 기분이 하나 더 더해집니다. 이제 다시는 용기가 있을 뿐인 사람을 찬양하지 않을 겁니다.

캥통(내가 이 철학자의 설에 언제나·동감하는 것은 아니지만)의 책에서 발췌한 격언을 이 편지의 제사로 붙일 수 있을 것 같다.

'사람들은 사랑하고 있다는 사실을 숨기는 것과 마찬가지로 용감하다는 사실을 숨기고 싶어한다.' 아니 다음의 표현이 더 적절할지도 모르겠다. '훌륭한 사람이 선행을 숨기듯 용감한 사람들은 그 행위를 숨긴다. 그들은 그 행위를 숨기거나 그것을 미안해 한다.'

쌩 떽쥐뻬리가 이 소설 속에서 다루고 있는 모든 것은 그가 잘 알고 있는 사실들이다. 끊임없이 위험을 무릅써 온 그 자신의 체험이 이 소설에 그 누구도 모방할 수 없는 실록의 흥취를 주고 있다. 이제까지 무수히 많은 전쟁 소설이나 모험을 다룬 소설이 있어 왔다. 이런 작품들에는 그 저자가 때때로 대단한 수완을 보여주는 작품도 있지만, 그걸 읽는 진정한 모험가나 참전용사들은 미소를 금치 못했을 것이다. 문학적 가치를 갖고 있다는 점에서도 내가 높이 평가하는 이 작품은 실록으로서의 가치도 갖고 있는데, 너무나 뜻밖에도 아울러 갖고 있는 이 두 가지의 가치가 『야간 비행』에 특별한 의미를 부여하고 있다.

André Gide 앙드레 지드

1

비행기 아래로 펼쳐진 언덕들은 벌써 황금빛 저녁노을 속에 그 그림자를 드리우고 있고, 평야는 영원히 스러지지 않는 빛으로 환해지고 있었다. 이 지방에서는 겨울이 지나도 평야에 눈이 오래도록 남는 것과 마찬가지로 황금빛 노을도 평야에 오래도록 남는다.

남극에서 부에노스아이레스를 향해 파타고니아 노선 우편기를 조종해 오던 파비앵은 바다의 물결로 항구가 가까워졌음을 알듯이 평온한 구름이 보일 듯 말 듯 그리는 잔주름과 그 고요함을 보고 밤이 다가오고 있음을 알았다. 그는 이제 거대하고도 행복한 기항지로 들어서고 있었다.

그 고요함 속에서 파비앵은 흡사 목동처럼 느긋하게 산책을 하고 있다는 생각을 했을지도 모른다. 파타고니아의 목동들이 천천히 이 양떼에서 저 양떼로 돌아다니듯, 그 역시 한 도시에서 다른 도시로 가는 것이니 작은 도시들을 지키는 목동과도 같은 것이었다. 두 시간마다 그는 강기슭에 와서 물을 마시거나 들판에서 풀을 뜯어먹는 양떼를 만나곤 했다.

바다 위보다도 더 인적이 드문 대초원을 1백 킬로미터 정도 지나고 나
면 그는 때때로 외딴 농가를 만나곤 했다. 그때마다 그는 초원의 출렁이
는 물결 속에서 그 농가가 사람을 잔뜩 싣고 뒤로 움직이는 것만 같아서
그 배처럼 보이는 농가를 향해 비행기 날개를 움직여 인사를 보냈다.

“산훌리안이 보임. 10분 내로 착륙하겠음.”

기내의 무선기사가 항공로의 모든 무선전신국에 전신을 보내고 있었
다.

마젤란 해협에서 부에노스아이레스에 이르는 2천5백 킬로미터의 항공
로에는 비슷비슷한 비행장들이 늘어서 있었다. 그러나 이 산훌리안 비행
장은 밤의 경계선에 위치하고 있어 흡사 아프리카 오지에 있는 마지막
귀순 부락과도 같았다.

무선기사가 종이 한 장을 조종사에게 건네주었다.

“천둥이 어찌나 심한지 전파방해 때문에 영 들리질 않아요. 산훌리안
에서 쉴까요?”

파비앵은 미소를 지었다. 하늘은 어항 속의 물처럼 고요했고 모든 비행
장에서 ‘맑음. 바람 없음’ 이라고 알려오고 있었다. 그는 이렇게 대답했
다.

“계속 가세.”

그러나 무선기사는 과일 속에서 벌레가 꿈틀거리고 있듯이 어딘가에
뇌우가 숨어 있을 거라고 생각했다. 밤하늘은 아름답긴 하지만, 어딘가
상한 데가 있어 보였다. 그래서 곧 썩어 문드러질 것만 같은 그 어둠 속으

로 들어가는 것이 그는 몹시도 싫었던 것이다.

　산훌리안을 향해 엔진의 속도를 늦춰 내려가면서 파비앵은 나른함을 느꼈다. 인간의 생활을 안온하게 만들어주는 모든 것, 집이며 작은 카페들이며 산책길에 늘어선 나무들이 점점 또렷이 떠오르고 있었다. 그는 정복을 끝낸 저녁에 제국의 영토를 내려다보며 인간의 소박한 행복을 발견하는 정복자라도 된 것 같은 기분이었다. 이제 그는 그만 무기를 버리고 수많은 역경을 헤쳐오는 동안의 비애와 쓰라림을 느껴도 보고, 소박한 사람으로 이 땅에 살며 이제부터는 집 안의 창문을 통해 변함없는 경치를 바라보고도 싶었다. 이 작은 마을이라면 그는 살 수 있을 것 같았다. 사람은 일단 선택을 하고 난 뒤에는 생활상의 우연에 만족하며 그걸 사랑할 수도 있으니까 말이다. 그건 사랑과 마찬가지로 사람의 눈을 멀게 한다. 파비앵은 이 마을에서 오래오래 살며 이 땅의 영원한 부분이 되고 싶었다. 왜냐하면 앞으로 한 시간 정도 머무를 작은 도시들과 가로지르는 낡은 벽에 둘러싸인 정원들이 그에게는 자신과는 관계없이 영원할 것으로 생각되기 때문이었다. 마을이 비행기를 향해 올라오면서 그를 향해 열려 있었다. 그래서 파비앵은 우정이니 상냥한 처녀들이니 흰 식탁보의 아늑함이니……, 서서히 영원해지는 이 모든 것들을 생각했다. 어느새 마을이 비행기 날개와 닿을 듯이 지나가고 있어 벽의 보호를 더 이상 받지 못하는 정원이 그 신비를 드러내고 있었다. 그러나 파비앵은 착륙한 뒤로는 돌담 사이로 천천히 움직이고 있던 몇 사람 말고는 아무것도 보지 못했다는 것을 알았다. 이 마을은 그 부동성만으로도 비밀스런 열정을 방어하면서 파비앵에게 그 아늑한 마을에 들어오는 걸 허락해 주지 않고 있었다. 마을의 안온함을 정복하기 위해서는 행동을 단념했어야 했다.

착륙한 지 10분이 지나면 파비앵은 또다시 이륙해야 했다.

그는 산훌리안을 다시 돌아보았다. 한줌의 빛과 별이 있을 뿐이고 이윽고 그를 유혹했던 먼지마저 사라졌다.

"계기반이 안 보이는군. 점등해야겠어."

파비앵은 스위치를 켰다. 그러나 해질녘의 푸르스름한 빛 속에서는 계기 지침을 비추는 적색 램프의 빛이 아직은 너무 약해서 붉은 색을 띠지 못했다. 그가 전구에 손을 대보았으나 손가락도 겨우 붉게 물드는 정도였다.

"너무 일러."

그러나 밤은 이미 검은 연기처럼 피어오르면서 어느새 골짜기들을 어둠으로 물들이고 있었다. 평야와 골짜기를 분간할 수 없었다. 마을마다 불이 켜지고, 그 별빛들이 서로 화답하고 있었다. 그러자 파비앵도 손가락으로 표지등을 깜빡이며 마을에 응답했다. 흡사 사람들이 바다를 향해 등댓불을 돌리듯 무한한 밤을 향해 집집마다 켜놓은 별빛, 그 수많은 불빛 신호에 대지가 긴장하고 있었다. 인간의 생명을 지켜주는 그 모든 불빛이 벌써 반짝이고 있었다. 파비앵은 기항지에 들어설 때 서서히 아름다워지는 광경에 감탄하던 것과 마찬가지로 이번에는 밤이 만들어내는 풍광에 감탄했다.

파비앵은 조종을 하면서 정신을 집중했다. 계기반의 라듐이 빛을 발하기 시작했다. 그는 숫자들을 차례차례 확인해 보고는 만족스러워했다. 하늘에 안전하게 있다는 걸 확인한 것이다. 그는 손가락으로 비행기 양 날개의 강철 뼈대를 만져보고는 그 금속 안에 생명이 흐르고 있음을 느꼈다. 금속은 진동하고 있는 것이 아니라 살아 있는 것이었다. 5백 마력의 엔진이 금속 안에 아주 조용한 흐름을 만들어서 얼음같이 찬 강철을 벨벳처럼 보드라운 살로 바꾸어놓았다. 비행하는 동안 조종사는 현기증이나 취기를 느끼는 것이 아니라 다시 한번 살아 있는 육체의 신비로운 활동을 느끼고 있었다.

이제 그는 자신이 다시 조직한 세계에 편안히 자리잡기 위해 팔꿈치를 움직이고 있었다.

그는 배전반을 가볍게 두드러보고, 스위치를 하나하나 만져보고는 몸을 약간 움직여 편안하게 앉았다. 그리고는 항상 변화하는 밤이 짙어진 5톤 무게 금속덩이의 진동을 잘 느낄 수 있도록 자세를 잡았다. 이어서 더듬어서 찾은 보조 램프를 제자리로 밀어놓았다가 다시 찾아서 램프가 미끄러지지 않았는지 확인한 다음에 다시 놓아버리고는 핸들을 하나하나 건드려보고, 보이지 않을 때에도 정확히 잡을 수 있도록 손가락을 훈련시켰다. 이윽고 손가락이 핸들에 익숙해졌을 때에 비로소 그는 램프를 켜고 정밀한 기기를 갖춰놓은 다음에 계기반에서 눈을 떼지 않은 채 물속으로 잠수를 하듯 밤 속으로 진입했다. 그리고 나서 아무런 흔들림도 진동도 떨림도 없는 데다 자이로스코프도 고도계도 엔진의 회전속도도 변화가 없기 때문에 그는 가볍게 기지개를 켜고 나서 가죽의자 등받이에 머리를 기대고는 비행중의 명상을 시작하면서 뭐라 형언할 수 없는 희망을 맛보았다.

밤의 한가운데서 이제 그는 야간 파수꾼이라도 된 양, 밤이 신호니 불빛이니 불안이니 하는 것을 보며 밤이 인간의 일면을 보여주고 있다는 걸 알아차렸다. 어둠 속에서 별이 반짝였다. 그건 외딴 집이다. 그 별 하나가 꺼졌다. 그건 사랑을 가두고 있는 집이다.

아니면 권태를 가두고 있는 집인지도 모른다. 그건 다른 사람들에게 신호를 보내지 않는 집이다. 등불을 밝히고 식탁에 팔꿈치를 괴고 있는 농부들은 자기들이 무엇을 바라고 있는지 모른다. 그들을 둘러싼 거대한 밤 속에서 자기들의 바람이 얼마나 멀리까지 가 닿는지도 모른다. 하지만 파비앵은 1천 킬로미터나 떨어진 먼 곳에서 날아오는 동안 파도처럼 넘실거리는 공기의 흐름이, 살아 있는 비행기를 들어올렸다 내렸다 할 때라든가, 흡사 전쟁이라도 일어난 듯이 요란하게 몰아치는 뇌우 속을 뚫고 간간이 보이는 달빛을 보며 날아올 때라든가, 정복이라도 하는 기분으로 그 불빛들에 차례로 다다를 때면 그 농부들의 바람을 알아볼 수가 있는 것이다.

그 농부들은 자기들이 밝힌 등불이 그 검소한 식탁만을 비춘다고 생각한다. 하지만 마치 무인도에서 절망에 빠진 그들이 바다를 바라보고 서서 램프를 흔들고 있기라도 하듯, 그 불빛이 보내는 신호는 80킬로미터 떨어진 곳의 사람들에게도 전해지는 것이다.

2

파타고니아와 칠레와 파라과이 노선의 우편기 세 대가 남쪽과 북쪽, 서쪽에서 부에노스아이레스를 향해 날아오고 있었다. 부에노스아이레스에서는 자정 무렵에 유럽 노선 비행기를 출발시키기 위해 이 세 비행기가 싣고 오는 우편물을 기다리고 있었다. 짐배와도 같은 비행기의 육중한 덮개 안에 앉아서 어둠 속을 헤매며 비행에 전념하고 있는 세 조종사는 흡사 산에서 내려오는 이상한 농부들처럼, 비바람이 치거나 평온한 하늘에서 대도시를 향해 천천히 내려올 것이다.

전체 항공망을 책임지고 있는 리비에르는 부에노스아이레스의 착륙장에서 서성거리고 있었다. 그 세 대의 비행기가 도착할 때까지는 이날 하루도 아직은 안심할 수 없기에 그는 입을 다물고 있었다. 리비에르는 1분 간격으로 전달되는 전신의 내용에 따라 뭔가를 운명에서 구해내기도 하고, 아직 알지 못하는 부분을 줄이기도 해야 하고, 부하 승무원들을 어둠에서 기슭으로 구해내기도 해야 한다는 걸 알고 있는 것이다.

한 직원이 리비에르에게 와서 무선전신국에서 받은 전신을 보고했다.

"칠레 우편기가 부에노스아이레스의 불빛을 보았다는 전신을 보내왔습니다."

"알았네."

리비에르는 이제 곧 그 비행기 소리를 듣게 될 것이다. 밀물과 썰물, 신비로 가득 찬 바다가 그토록 오랫동안 뒤흔들고 있던 배를 기슭으로 넘겨주듯, 밤은 이미 비행기 한 대를 넘겨주고 있었다. 잠시 후에는 밤이 다른 두 대의 비행기도 돌려줄 것이다.

그렇게 되면 이날의 일과가 끝나는 것이다. 그렇게 되면 지친 승무원들은 다른 승무원들과 교대를 하고 잠자리에 들러 숙소로 갈 것이다. 그러나 리비에르에게 휴식이란 없을 것이다. 이번에는 유럽 노선 우편기가 그에게 불안을 주고 있었다. 그는 언제나 이렇게 불안을 떨치지 못한다. 영원히. 이 늙은 투사는 난생 처음으로 지쳐 있는 자신에게 놀랐다. 비행기들이 도착했다고 전쟁을 끝내고 행복한 평화 시대를 여는 승리가 될 수는 없을 것이다. 그에게 있어 그건 그저 앞으로 걸어야 할 천 걸음 중에서 한 걸음을 내디딘 것에 지나지 않았다. 리비에르는 오래전부터 두 팔에 힘을 주어 아주 무거운 것, 즉 휴식도 희망도 없는 노력이라는 짐을 쳐들고 있었던 것 같은 느낌이 들었다. '나도 이제 늙었어…….'

리비에르가 자신이 유일하게 하는 행동에서 더 이상 마음의 양식을 찾지 못하는 것은 늙어가고 있기 때문이었다. 그는 이제껏 생각해 본 적이 없는 문제에 골똘해 있는 자신에게 놀랐다. 그렇지만 그가 항상 멀리해 왔던 편안한 것들이 덩어리를 지어 흡사 보이지 않는 대양처럼 서글픈

소리를 내며 밀려오는 것이었다. '그 모든 게 이렇게 가까이 와 왔단 말인가? 그는 인간의 생활을 푸근하게 해주는 것을 늙어서 '여가가 생길 때' 로 조금씩 미뤄 왔음을 깨달았다. 마치 언젠가는 정말로 여가를 가질 수 있기라도 한 것처럼, 마치 황혼기에는 마음속으로 그리던 그 행복한 평온함을 얻을 수 있기라도 한 것처럼 말이다. 그러나 평온함이란 없다. 어쩌면 승리란 것도 없는지 모른다. 우편기들이 모두 도착한다는 보장도 없다.

리비에르는 일에 여념이 없는 늙은 정비 감독 르루 앞에 멈춰 섰다. 르루 역시 40년 동안이나 자신의 일에 심혈을 기울여온 사람이었다. 르루는 밤 10시나 자정 무렵에야 집으로 돌아가곤 했는데, 그에게 있어 집은 다른 세계도, 탈출의 세계도 아니었다. 무거운 얼굴을 쳐들고 푸르스름한 회전축을 가리기며 "이게 너무 단단히 박혀 있어서 애를 먹었지만, 이젠 됐어요" 하고 말하는 르루에게 리비에르는 미소를 지어 보였다. 회전축을 들여다보다 자신의 본분으로 돌아온 리비에르가 "이 부품들을 더 헐겁게 박으라고 작업반에 일러둬야겠어" 하고 말했다. 그리고는 마모된 자국을 만져보고 나서 또다시 르루를 유심히 살폈다. 깊게 팬 주름살을 보고 있자니 재미있는 질문이 입 속에 맴돌아서 미소를 머금고 그가 말했다.

"르루, 사랑에 빠져본 적이 있었나?"

"아! 사랑! 본부장님도 아시다시피……."

"하긴 나나 자네나 그럴 시간이 없었지."

"그렇죠, 정말로 그럴 여유가……."

리비에르는 그 대답 속에 쓸쓸함이 담겨 있는지 알기 위해 목소리를 유심히 들었지만, 그런 기색은 없었다. 르루는 지나간 삶에 대해, 널빤지를 멋지게 다듬어놓고는 "이젠 됐어" 하고 만족스러워하는 목수와도 같은 평온함을 느끼고 있었다.

'이제 내 인생도 다 됐어' 하고 리비에르는 생각했다.

그는 피로에서 오는 그 모든 서글픈 생각을 떨쳐내고 격납고로 향했다. 칠레 우편기가 우르릉거리고 있기 때문이었다.

3

아득히 들리던 엔진 소리가 점점 커지더니 굉음을 내고 있었디. 사방에 붙이 환하게 켜졌다. 적색 표지등들이 격납고와 무선 전신탑과 사각형 착륙장의 위치를 뚜렷이 드러내주고 있었다. 축제가 열리고 있었다.

"비행기 착륙!'

비행기는 이미 유도등의 빛을 받으며 굴러오고 있었다. 어찌나 번쩍거리는지 마치 새 비행기처럼 보였다. 비행기가 마침내 격납고 앞에서 멈춰 섰고, 정비사들과 인부들이 몰려와서 우편물을 내리고 있는데도 조종사 펠르랭은 꼼짝도 하지 않았다.

"아니, 내리지 않고 뭘 하고 있는 거야?'

어떤 알 수 없는 일에 몰두하고 있는 듯이 조종사는 대답도 하지 않았다. 아마 그는 아직도 머리 속을 울리는 비행기 소리에 귀를 기울이고 있는 듯했다. 그는 천천히 머리를 끄덕이고는 몸을 숙이고 뭔지 모를 것을 손으로 만졌다. 마침내 그가 상사들과 동료들 쪽으로 몸을 돌리고는 자기의 소유물이라도 보듯 그들을 엄숙한 얼굴로 쳐다봤다. 그 사람들을 훑어보며 수를 세어보고 유심히 살펴보더니 그는 그제야 축제의 붉을 밝힌 격납고와 견고한 콘크리트 지면에, 그리고 더 나아가서는 활기와 여인들과 열기를 가진 이 도시에 무사히 다다랐다는 생각이 나는 듯했다. 이제 그는 신하라도 되는 듯 그들을 커다란 손아귀에 쥐고 있었다. 그들을 만질 수도, 그들의 소리를 들을 수도, 그들에게 무례하게 굴 수도 있으니까 말이다. 처음에 그는 편안한 마음으로 달구경이나 하며 살아 있음을 확인하고 있는 그들에게 욕지거리라도 내뱉어줄 생각이었다. 하지만 그는 양순한 사람이었다.

"…… 술이나 한잔 사주세요."

그렇게 말하고 그는 비행기에서 내렸다.

그는 이번 비행에 대한 얘기를 해주고 싶었다.

"오늘 비행이 어땠는지 아신다면……."

그 정도만 말해도 충분하다고 생각했는지 그는 가죽 비행복을 벗었다.

침울한 감독관과 말없는 리비에르와 그를 태운 자동차가 부에노스아이레스를 향하고 있을 때 조종사는 서글퍼졌다. 곤경을 헤치고 착륙하여 재치 있는 욕지거리를 멋지게 내뱉는다는 건 기분 좋은 일이다. 얼마나 뿌듯한 기쁨인가! 그러나 잠시 후에 돌이켜보면 무언가 의혹이 생기게 된다.

태풍 속에서의 투쟁, 적어도 그것은 거짓 없는 사실이다. 하지만 그건 사물의 얼굴이 아니라 홀로 있다고 생각할 때 보이는 얼굴이다. 그는 이렇게 생각했다.

'그건 반란이나 다름없다. 거의 변함없이 한결같은 얼굴이 그렇게까지 변하니까 말이다!

펠르랭은 기억하려고 애를 썼다.

그는 안데스 산맥 위의 상공을 태평하게 비행하고 있었다. 하얀 눈으로 덮인 산맥은 평온함이 넘쳤다. 흡사 장구한 세월이 퇴락한 성에 평온함을 깃들이게 하듯 그 하얀 눈이 거대한 산맥에 평온함을 깃들여 놓은 것이었다. 두께가 2백 킬로미터에 이르는 산맥에 사람이라고는, 생명의 숨결이라고는, 어떤 기운이라고는 없었다. 해발 6천 미터에 이르는 산맥에는 오직 서로 닿을 듯이 수직으로 오르는 산등성마루들과 일직선으로 내리지르는 암괴의 외투들, 그리고 무시무시한 정적이 있을 뿐이었다.

투푼가토 봉(峰) 부근을 비행하고 있을 때였다…….

그는 다시 생각해 보았다. 틀림없다. 그가 기적을 목격했던 곳이 바로 거기였다.

처음에 그는 아무것도 보지 못했지만, 혼자라고 생각하고 있었는데 혼자 있는 게 아니라 누군가가 쳐다보고 있는 걸 느낄 때와도 같은 거북한 느낌이 들었다. 그는 너무 늦긴 했지만, 그리고 그 이유도 분명히 모르고는 있지만 자신이 분노에 둘러싸여 있다는 걸 느꼈다. 그런데 그 분노는 어디서 오는 것이었을까?

그 분노가 바위틈에서, 눈[雪]에서 스며 나오고 있다는 걸 그가 무슨 수로 짐작인들 했겠는가? 왜냐하면 그때까지는 그를 향해 오는 것이라곤 아무것도 없다고 느꼈고, 불길한 폭풍의 조짐조차 없었으니까 말이다. 하지만 그 순간, 완전히 달라진 그 세계에서 거의 비슷한 또 하나의 세계가 생겨나고 있었다. 펠르랭은 그 순결한 봉우리들이며 산등성마루들이며 회색이 약간 더 짙어진 듯한 눈 덮인 능선들이 군중처럼 살아 움직이는 광경을 뭐라 말할 수 없는 심정으로 바라보았다.

싸워야 할 필요가 없는데도 그는 조종간을 힘주어 잡았다. 그가 알지 못하는 무언가가 일어나려 하고 있었다. 흡사 덤벼들려고 하는 짐승처럼 그는 근육을 긴장시켰지만, 고요함 이외에는 아무것도 보이지 않았다. 그랬다. 고요함이었다. 하지만 그 속에는 이상한 힘이 가득 차 있었다.

이어서 모든 것이 날카로워져 있었다. 산등성마루며 봉우리며 모든 것이 뾰족해지고 있었다. 그 모든 것들이 흡사 뱃머리처럼 세찬 바람을 뚫고 나아가는 것 같더니 거대한 군함들이 전투를 위해 배치되는 식으로 그의 주위를 빙빙 돌며 표류하는 것처럼 느껴졌다. 그리고는 공기와 뒤섞인 먼지가 흡사 돛처럼 부드럽게 나부끼며 눈 덮인 산등성이를 따라 피어올랐다. 그래서 그는 퇴각할 출구를 찾기 위해 돌아서다 몸서리쳤다. 뒤로 보이는 안데스 산맥이 온통 술렁이고 있는 것 같은 느낌이 들었던 것이다.

"이젠 죽었구나."

앞에 있는 한 봉우리에서 눈이 용솟음쳤는데, 마치 눈을 뿜어내는 화산 같았다. 이어서 약간 오른쪽에 있는 또 하나의 봉우리에서도 눈이 용솟음치더니, 누군가 보이지 않는 사람이 잇따라 건드리면서 달려가는 듯이 모든 봉우리가 차례로 끓어올랐다. 그 순간, 처음으로 공기가 소용돌이치면서 주변의 산들이 흔들렸다.

그 격렬한 힘은 흔적을 별로 남겨 놓지 않았다. 그가 조종하는 비행기를 마구 뒤흔들던 엄청난 소용돌이조차 이제는 기억나지 않았다. 용솟음

치던 회색 눈보라 속에서 사투를 벌였다는 것만 생각날 뿐이었다.

그는 명상에 잠겼다.

'태풍 그 자체는 별것 아니다. 살아남을 수도 있다. 하지만 그 이전! 태풍과 맞닥뜨렸을 때는!'

그는 수천의 얼굴 중에서 한 얼굴을 알아봤다고 생각했지만, 그 얼굴은 이미 잊혀져 있었다.

4

리비에르는 펠르랭을 쳐다보며 생각하고 있었다. 20분 후, 차에서 내리면 이 사람은 무력하고 무거운 기분으로 군중 속에 섞일 것이다. 아마도 '완전히 지쳤어. 정말 더러운 직업이야!' 하고 생각할 테지. 그리고는 아내에게 "안데스 산맥 위의 상공보다는 집이 좋구려" 하는 따위의 말을 털어놓을 테지. 하지만 사람들이 애착을 갖는 것들에는 거의 관심이 없을 것이다. 불과 몇 시간 전에 곤경에 처해 있지 않았던가. 그는 몇 시간 동안 사물의 이면과 마주치는 경험을 했다. 이 불빛 찬란한 도시를 다시 볼 수 있을지 어떨지도 모른 채. 어릴 적부터 귀찮게 따라다니지만 익숙해진 인간의 결점조차 되찾게 될지 어떨지도 모른 채. 리비에르는 속으로 말했다. '어떤 군중 속이든지 눈에 띄지는 않아도 위대한 사명을 띤 사람들이 있다. 그들 자신은 그걸 모르지만. 그렇지 않다면……' 이라고. 리비에르는 찬미하는 사람들이 두려웠다. 그런 사람들은 모험의 신성한

뜻을 이해하지 못하며, 그들이 외쳐대는 경탄은 그 참뜻을 왜곡하면서 인간의 가치를 떨어뜨린다고 생각하기 때문이었다. 그러나 펠르랭은 어떤 빛 속에서 엿본 세계가 어떠한 가치를 지니고 있는지에 대해 누구보다도 잘 알고 있으며, 속된 찬사를 경멸하듯 물리칠 수 있는 고결한 면모를 갖고 있었다. 그래서 리비에르는 "그런데 어떻게 빠져 나왔단 말인가?" 라는 말로 펠르랭의 성공을 칭찬했다. 그는 펠르랭이, 대장장이가 모루에 대해 말하듯 직무에 대해, 비행에 대해 간단하게 말하는 것이 좋았다.

펠르랭은 퇴로가 막혀 있었다는 것을 먼저 설명하고 거의 사과라도 하는 듯이 말했다. "그래서 달리 두리가 없었어요." 그는 흰 눈 때문에 눈이 부셔서 아무것도 볼 수 없었는데, 때마침 난기류가 비행기를 고도 7천 미터 상공으로 떠밀어 올리는 바람에 빠져 나왔던 것이라면서 이렇게 덧붙였다. "비행하는 동안 내내 산등성이에 닿을 듯한 높이로 날았었나봐요." 그리고는 자이로스코프에 대해서도 말했는데, 눈이 공기 구멍을 막아버려 꽁꽁 얼어붙었다면서 그 위치를 바꿔야할 것이라고 말했다. 그리고 얼마 후에는 또 다른 기류에 밀려 비행기가 곤두박질치면서 고도 3천 미터 상공으로 급강하했는데, 어떻게 해서 아무것에도 부딪치지 않았는지 도무지 영문을 알 수 없었다는 것이었다. 그건 그가 이미 평야 위를 날고 있었기 때문이었다. 그는 맑은 하늘에 들어서고 나서야 그걸 알아차렸다면서 그 순간은 동굴을 빠져나오는 느낌이었다고 설명했다.

"멘도사에도 폭풍이 일었나?"

"아뇨. 맑은 하늘에 바람 한 점 없는 때에 착륙했어요. 하지만 폭풍은 뒤쫓아오고 있었지요."

'어쨌든 좀 기괴한 폭풍' 이었다면서 그는 이렇게 묘사했다. 폭풍의 위쪽은 구름 같이 일어나는 눈에 가려 보이지 않았지만, 그 아래쪽은 평원에서 시커먼 용암처럼 휘몰아치면서 도시들을 하나둘 집어삼키고 있었다. "그런 걸 보기는 난생 처음이었어요……." 이윽고 그는 어떤 기억에 사로잡혔는지 입을 다물었다.

리비에르가 감독관을 돌아보며 말했다.

"태평양에서 불어오는 태풍인데, 너무 늦게 통보를 받았소. 더군다나 그런 태풍이 안데스 산맥을 넘어온 예가 없었으니까 말이오."

그 태풍이 계속해서 동쪽으로 진행하라고는 예상도 할 수 없는 일이었다.

그것에 대해 전혀 모르고 있던 감독관은 그저 잠자코 듣기만 했다.

감독관이 주저하는 듯이 펠르랭을 돌아보았는데, 그의 울대뼈가 움직였다. 하지만 그는 입을 열지 않았다. 잠시 생각에 잠기더니 그는 앞을 바라보며 예의 침울한 표정으로 돌아갔다.

감독관은 그 침울함을 짐이라도 되는 듯이 끌고 다녔다. 모호한 이유로 리비에르의 부름을 받고 전날 밤에 아르헨티나에 도착한 그는 감독관으로서의 위엄과 자신의 커다란 손을 거추장스러워하고 있었다. 그에게는 환상적인 일이나 호쾌한 기백을 칭찬할 권리가 없고, 오직 임무를 어김없이 이행한 것에 대해서만 칭찬해야 했다. 그에게는, 같은 비행장에서 그야말로 아주 우연히 또 다른 감독관을 만나는 경우를 제외하고는 직원들과 어울려 술을 마신다거나 반말이나 농담을 입에 담을 권리도 없었다.

'감독을 한다는 건 정말 힘든 일이야' 하고 그는 생각했다.

사실을 말하자면, 그는 감독을 하는 것이 아니라 그저 머리를 저을 뿐이었다. 아무것도 모르기 때문에 그는 맞닥뜨리는 모든 것에 머리를 설레설레 저을 뿐이었다. 그것은 우울한 정신을 자극하여 인적자재를 유지시키는 데 기여하고 있었다. 그는 직원들에게서 사랑을 거의 받지 못했다. 감독관이란 사랑을 베풀라고 만든 직책이 아니라 보고서를 작성하라고 만든 직책이기 때문이었다. 특히 리비에르에게서 다음과 같은 편지를 받은 이후로 그는 새로운 방식이나 기술상의 해결책을 제안하는 걸 단념했었다. '로비노 감독관은 시(詩)가 아니라 보고서를 보내주기 부탁합니다. 로비노 감독관은 자신의 역량을 적절히 발휘하여 직원들의 정신을 고무시켜야 합니다.' 그래서 그는 밥을 꼬박꼬박 챙겨먹듯이 사람들의 결섬을 파고드는 일에 몰두했다. 이를테면 정비사가 술을 마시고 있지는 않은지, 비행장 지배인이 뜬눈으로 밤을 새지는 않는지, 조종사가 비행기를 거칠게 착륙시키지는 않는지 등에 신경을 곤두세웠다.

리비에르는 로비노 감독관을 '명석하지는 않아도 쓸모가 많은 사람이다.' 라고 생각했다. 리비에르가 만든 규칙, 그에게는 그것이 인간을 아는 것이지만, 로비노에게는 규칙을 아는 것밖에 없었다.

어느 날 리비에르는 그에게 이런 말을 한 적이 있었다.

"로비노, 정시에 출발하지 않는 사람은 그 어느 누구든 정근 수당을 주지 말아야 하는 거요."

"불가항력의 경우에도 말입니까? 안개가 심할 때도 말입니까?"

"안개가 심할 때도……."

그래서 로비노는 부당한 처사도 두려워하지 않을 정도로 강직한 상사를 두었다는 것에 일종의 자랑스러움을 느끼고 있었다. 직원들에게 불쾌감을 주는 처사이긴 해도 로비노 자신은 그만큼 위엄 있는 권한을 얻을 수 있는 것이었다.

그 뒤로 그는 모든 공항의 책임자에게 자주 이런 말을 하게 되었다.

"6시 15분에 이륙했으니 당신에게는 정근 수당을 지급할 수 없습니다."

"하지만 감독관님, 5시 30분에는 10미터 앞도 볼 수 없었어요."

"이건 규칙입니다."

"하지만 감독관님, 우리가 안개를 쓸어내 버릴 수는 없지 않습니까?"

그러면 로비노는 굳게 입을 다물어버렸다. 그는 간부급에 속해 있었다. 간부들 중에서도 그는 직원들을 어떤 식으로 처벌해야 이륙 시간을 개선할 수 있는지를 유일하게 알고 있는 사람이었다.

리비에르는 그를 이렇게 생각했다.

'쓸데없는 생각은 하지 않는 사람이니까 그릇된 생각을 할 염려는 없어.'

조종사가 기체를 파손하는 경우에는 무사고에 대한 상여금을 받지 못한다는 규칙도 있었다.

"하지만 숲에서 고장이 났을 때도 말입니까?" 하고 로비노가 물었다.

"숲에서 일어난 사고라도 마찬가지요."

그래서 로비노는 그 지시를 따랐다.

그 뒤로 로비노는 조종사들에게 이렇게 말했다.

"이런 말을 하게 되어 미안하지만, 고장은 다른 데서 나야 합니다."

"하지만 감독관님, 그건 우리 마음대로 되는 일이 아닙니다!"

"이건 규칙입니다."

리비에르는 이렇게 생각하고 있었다. '규칙이란 종교 의식과도 같은 것이다. 부조리하게 보여도 인간을 단련시켜준다' 라고. 공평하게 보이든 불공평하게 보이든 리비에르에게는 상관없었다. 아마 그런 것들이 그에게는 아무런 의미가 없는지도 모른다. 소도시에 사는 시민들은 저녁이면 야외 음악당 주변을 서성거린다. 리비에르는 그것을 보며 이렇게 생각했다. '그들에 대해 공평이니 불공평이니 하는 것은 의미가 없는 일이다. 그들은 존재하지 않으니까.' 그에게 있어 인간이란 반죽을 해서 만들어야 할 생밀랍(生蜜蠟)이었다. 이 물질에 영혼을 불어넣고, 의지를 창조해 주어야 하는 것이었다. 그는 엄격함으로 그들을 억압하려는 것이 아니라, 그들을 그들 자신의 굴레에서 벗어나게 할 생각이었다. 그가 그렇게 늦게 이륙하는 것에 처벌을 가하는 것이 불공평한 처사이긴 하지만, 그렇게 함으로써 그는 비행장들마다 정시 이륙을 지향하게 만들었다. 그가 그런 의지를 만들어낸 것이다. 그는 부하 직원들이 날씨가 나쁘면 휴식을 취하게 됐다며 마냥 즐거워하고 있을 것이 아니라 조바심을 치며 날씨가 개기를 기다리도록 만들었고, 하찮은 잡역부까지도 기다린다는 것을 내심 부끄럽게 생각하게 만들었다. 그래서 철책처럼 둘러싼 악천후라는 장애물에 조금이라도 틈이 생기면 그때를 놓치지 않았다.

"북쪽이 트였다. 출발."

리비에르의 노력 덕분으로 1만5천 킬로미터에 걸친 항공로를 오가는 우편기를 중히 여기는 의식이 생길 수 있었다.

리비에르는 이따금 이런 생각을 했다.

‘저들은 행복하다. 자기들이 하고 있는 일을 사랑하기 때문이다. 그리고 저들이 그 일을 사랑하는 것은 내가 엄격하기 때문이다.’

그는 어쩌면 부하 직원들을 괴롭혔을지도 모른다. 하지만 그들에게 큰 기쁨을 주기도 했다. 그는 이렇게 생각했다. ‘고통도 따르고 기쁨도 따르지만 큰 의미가 있는 의연한 삶을 살도록 그들을 이끌어주어야 한다’ 라고.

자동차가 시내로 들어서자, 리비에르는 회사 사무실 앞에서 내려달라고 했다. 둘만 남게 되자, 로비노는 펠르랭을 쳐다보며 무슨 말인가를 할 듯 입을 벌렸다.

5

그런데 이날 저녁 로비노는 기가 꺾여 있었다. 승리자 펠르랭과 단둘이 있자니, 자신의 생활이 무미 건조하다는 걸 깨닫게 된 것이었다. 무엇보다도 그는 감독관이란 지위와 그에 따르는 권한을 가진 그 자신 로비노가, 지금 피로에 지쳐 자동차 한쪽 구석에 쭈그린 채 눈을 감고 있는, 기름에 찌든 시커먼 손을 가진 이 남자보다 못하다는 걸 깨달았던 것이다. 로비노는 처음으로 탄복하는 마음이 일었다. 그래서 그 말을 하고 싶었다. 그는 무엇보다도 친구를 얻고 싶었던 것이다. 그는 여독과 그날 저지른 몇 차례의 실수로 지쳐 있는 데다 어쩌면 자기 자신이 좀 어리석다고 느끼고 있는지도 몰랐다. 이날 저녁, 그는 연료 재고량을 조사하다 계산 착오를 일으켰다. 그런데 그가 혼내 주려고 했던 바로 그 직원이 보기가 딱했던지 그를 대신해서 계산을 끝마쳐 주었던 것이다. 뿐만 아니라 그가 B. 6형 연료용 펌프를 B. 4형 연료용 펌프로 잘못 알고 그 조립 상태를 트집잡았는데도 그 능글맞은 정비사들은 그가 20분 동안이나 '변명의 여지가 없는 무지'라고 할 무지를 드러내도록 내버려두었던 것이다.

그는 호텔방으로 돌아가는 것도 두려웠다. 프랑스의 툴루즈에서 부에노스아이레스에 이르기까지 그는 일이 끝나면 언제나 다름없이 호텔방으로 되돌아갔다. 그리고는 방에 들어박힌 채 많은 비밀을 담고 있어 무거운 마음으로 가방에서 종이를 꺼내 '보고서'라고 쓰고 용기를 내어 몇 줄 써나가다 모두 찢어버리곤 했다. 그는 회사를 큰 위기에서 구해내는 장한 일을 하고 싶었지만, 회사는 한 번도 위험에 빠진 적이 없었다. 이제까지 그가 구해낸 것이라고는 녹슨 프로펠러 회전축밖에 없었다. 그가 비행장의 책임자가 보는 앞에서 침통한 표정으로 그 회전축을 손가락으로 만지작거리자, 그 책임자는 이렇게 답변했다. "그건 바로 앞 비행장에 문의하시지요. 이 비행기는 방금 도착했으니까요." 그럴 때면 로비노는 자신의 역할에 회의를 느끼곤 했다.

그는 펠르랭과 가까워지려고 용기를 내어 말했다.

"함께 저녁을 들지 않겠소? 이야기라도 좀 나누고 싶어서 말이오. 내 직책도 때로는 견디기 힘든 때가 있어서……."

그리고는 너무 빨리 자신을 낮췄다 싶어서 고쳐 말했다.

"책임이 너무 막중해서 말이오!"

직원들은 자기들의 사생활에 로비노를 끼워주고 싶어하지 않았다. 직원들은 이런 생각을 하고 있는 것이었다. '보고서에 작성할 만한 걸 아직 찾지 못했다면 허기진 사람처럼 나라도 잡아먹으려 들겠지.'

하지만 이날 저녁 로비노는 자신의 비참한 처지만 생각하고 있었다. 그는 자신의 온몸에 습진이 번져 있는데, 비밀이라고는 그것밖에 없다고 털어놓으며 동정을 받고 싶었다. 그는 거만한 태도를 보이면 위로의 말을 들을 수 없기 때문에 겸허한 태도를 보이기로 마음먹고 있었다. 그에게도 프랑스에 여자가 있었다. 그는 출장에서 돌아오는 밤이면 그 여자의 마음을 사로잡아 사랑을 받아보려고 자신이 감독했던 내용을 들려주곤 했지만, 그 여자는 바로 그의 그런 점을 싫어했다. 그는 그 여자에 대한 얘기도 하고 싶었다.

"그럼 나하고 저녁을 같이 하는 겁니다."

마음이 약한 펠르랭은 차마 거절하지 못했다.

리비에르가 사무실에 들어갔을 때, 직원들은 꾸벅꾸벅 졸고 있었다. 외투와 모자를 벗지 않았을 때 그의 모습은 언제나 영원한 나그네처럼 보였다. 그는 지나갈 때도 체구가 작아 공기의 흐름조차 바꾸지 않는 데다 반백의 머리하며 그 옷차림하며 거의 눈에 띄지 않았다. 그러나 그가 나타났다는 걸 알게 되면 사람들은 활기를 띠었다. 허둥대기 시작하는 사무원들, 최근 서류들을 후닥닥 훑어보는 과장, 또닥또닥…… 타자기 소리.

전화 교환수가 교환기에 접속선을 꽂아놓고는 두꺼운 장부에 전신 내용을 빠르게 적어나갔다.

리비에르는 앉아서 그 전신들을 읽었다.

위기를 맞았던 칠레 노선 우편기 이후로 그는 이제 흐뭇한 하루의 전신들을 읽고 있었다. 모든 일이 순조롭게 진행되고 있다거나 비행기가 통과하고 난 비행장들이 차례로 성공을 점치는 전신들을 보내왔던 것이다. 바람이 남에서 북으로 불고 있어 파타고니아 노선 우편기 역시 예정 시간보다 빠른 속도로 날아오고 있었다.

"기상 전신을 보여주게."

비행장마다 맑은 날씨, 활짝 갠 하늘, 순풍을 알리고 있었다. 저녁노을이 남아메리카 대륙을 황금빛으로 물들이고 있었다. 리비에르는 모든 것이 그렇게 열성을 다하고 있는 것이 기뻤다. 지금 이 순간 파타고니아 노선 우편기가 어디선가 어둠 속에서 뜻밖의 사태를 맞고 있을지도 모를 일이지만, 성공할 확률은 컸다.

리비에르는 장부를 밀어냈다.

"좋아."

그리고 나서 그는 세계의 절반을 감시하는 야간 파수꾼으로서 상황실을 둘러보러 나갔다.

열려 있는 창문 앞에서 걸음을 멈춘 리비에르는 밤을 헤아렸다. 밤이 부에노스아이레스를 에워싸고 있었고, 흡사 교회의 중앙 홀처럼 아메리카 대륙을 에워싸고 있었다. 그는 그 장엄함에 놀라지 않았다. 칠레 산티아고의 하늘은 다른 곳의 하늘이지만, 우편기가 일단 칠레의 산티아고를 향해 날고 있으면, 항공로의 이 끝에서 저 끝까지 같은 하늘 밑에 있는 것이 되기 때문이다. 지금 무선전신국들의 수신기들이 조종사의 목소리를 기다리고 있는 또 다른 우편기, 파타고니아의 어부들은 그 우편기가 반짝이는 불빛을 보고 있을 것이다. 비행중인 우편기에 대한 불안이 리비에르를 짓누르고 있을 때, 그 불안은 엔진 소리와 함께 여러 나라의 수도

와 지방들을 짓누르고 있었다.

　아주 맑게 갠 밤하늘을 흐뭇하게 바라보고 있던 그는 비행기가 위험에 빠졌는데도 구조할 길이 없을 것 같아 혼란스럽던 밤들이 생각났다. 부에노스아이레스의 무선전신국에서 천둥소리에 섞여 찍찍거리며 들려오는 비행기의 신음소리에 귀를 기울이고 있노라면 귀한 것을 에워싸고 있는 그 음험한 물질 밑에서 금과도 같은 음파가 들리지 않곤 했다. 그럴 때면 밤의 장애물들을 향해 무작정 날아오른 우편기가 부르는 단조(短調)의 노래에 얼마나 비탄에 빠졌던가!

　리비에르는 밤샘을 하는 날 밤에 감독관이 있어야 할 자리는 사무실이라고 생각했다.

　"로비노를 불러주게."

　로비노는 조종사를 친구로 만들려는 중이었다. 호텔에 들어온 그는 조종사 앞에서 소지품을 끄집어내기 시작했는데, 감독관의 가방에서도 보통 사람들과 별다를 것 없는 자질구레한 물건들이 나왔다. 유치한 셔츠 몇 장과 화장품 상자에 이어서 깡마른 여자 사진 한 장, 감독관은 그 사진을 벽에 핀으로 꽂았다. 그는 펠르랭에게 자기의 욕망이며 애정이며 후회를 그렇게 구차한 방식으로 고백하고 있었다. 조종사 앞에 그 잘난 보물들을 하찮은 순서로 늘어놓으며 그는 자신의 비참함을 드러내놓고 있는 것이었다. 그건 정신적 습진과도 같은 것이며, 자신의 감옥을 보여주는 것이기도 했다.

　그러나 모든 사람과 마찬가지로 로비노에게도 작은 빛이 있었다. 그는 소중하게 싼 작은 주머니 하나를 꺼내면서 마음이 부드러워지는 걸 느꼈다. 그가 한참 동안을 묵묵히 주머니를 토닥이더니 마침내 두 손을 떼며 말했다.

"사하라에서 가져온 거죠……."

감독관은 그러한 비밀을 털어놓는 것에 낯을 붉혔다. 신비의 문을 열어 주는 거무스름한 조약돌들이 그의 환멸이며 불운한 가정생활이며 그 모든 음울한 현실을 위로해 주었다.

얼굴이 좀더 빨개지면서 그가 말했다.

"브라질에도 똑같은 것들이 있죠……."

펠르랭은 아틀란티스(대서양의 전설적인 섬-옮긴이)에 정신이 팔려 있는 감독관의 어깨를 토닥였다. 그리고는 멋쩍어하면서 이렇게 물었다.

"지질학에 관심이 있으세요?"

"그게 취미죠."

로비노는 오로지 돌을 바라보고 있는 것을 위안으로 삼으며 살고 있었다.

로비노는 리비에르가 찾는다는 전갈에 못내 아쉬웠지만, 의연함을 되찾았다.

"리비에르 본부장께서 중대한 결정을 내리기 위해 나를 찾으신다고 하니 나는 이만 가봐야겠소."

로비노가 사무실에 들어섰을 때, 리비에르는 그를 까맣게 잊고 있었다. 그는 벽에 붙인 지도를 들여다보고 있었는데, 회사의 항공노선이 붉은 색으로 표시되어 있었다. 감독관은 그의 지시를 기다렸다. 리베에르가 한참만에 돌아보지도 않은 채 그에게 물었다.

"로비노, 이 지도를 어떻게 생각하오?"

그는 이따금 꿈에서 깨어난 듯이 수수께끼 같은 질문을 던지곤 했다.

"본부장님, 이 지도는……"

사실 감독관은 그 지도에 대해 아무 생각도 없었지만, 진지한 표정으로 지도를 응시하며 유럽 대륙과 아메리카 대륙을 대충 훑어보았다. 리비에르는 로비노에게 아무런 말도 해주지 않은 채 명상을 계속했다. '이 항공망의 얼굴은 아름답지만 냉혹하다. 그것은 우리에게서 많은 생명, 많은 젊은이를 앗아갔다. 이루어진 사물들이 지닌 위엄을 뽐내는 위압적인 얼굴이지만 또한 얼마나 많은 문제를 제기하고 있는가! 그러나 리비에르에게는 무엇보다 목적이 우선이었다.

리비레르 옆에 서서 여전히 지도를 뚫어져라 쳐다보고 있던 로비노가 조금씩 허리를 꼿꼿이 세우고 있었다. 그는 리비에르에게서 어떤 동정도 기대하지 않았다.

언젠가 로비노가 행여나 하는 마음으로 볼꼴사나운 병 때문에 인생을 망쳐버렸다는 고백을 했을 때, 리비에르는 느닷없이 이렇게 대답했었다.

"그것 때문에 잠을 이루지 못한다면 당신이 하는 일에는 도움이 될 거요."

이 말은 거의 농담에 지나지 않았다. 리비에르는 이렇게 단정짓는 습관이 있었다. '불면증이 음악가에게 아름다운 작품을 만들게 한다면 그 불면증은 아름다운 것이다.' 하루는 그가 르루를 가리키며 이런 말을 했다. "저 사람을 보시오. 사랑을 좇아버리는 저 추함이 얼마나 아름다운지……" 르루에게 있는 고결한 모든 것이 어쩌면 일생을 오로지 일에만 전념하게 만들어주었던 그 추한 생김새 덕분이라고 생각하는 것이었다.

"그래 펠르랭과는 친해졌소?"

"그걸 어떻게……."

"비난하려는 것은 아니오."

리비에르가 돌아서더니 고개를 숙인 채 잔걸음치면서 로비노를 끌고 갔다. 그가 입가에 서글픈 미소를 띠고 있지만, 로비노는 그 뜻을 알 수 없었다.

"다만…… 다만 펠르랭은 당신의 부하직원이란 말이오."

"네." 로비노가 대답했다.

리비에르는 매일밤 하늘에서는 극적인 사건이 꾸며진다고 생각했다. 지금부터 날이 샐 때까지는 많은 것과 싸워야할지 모르는데 의지가 약해지면 패배를 할 수도 있었다.

"당신은 자신이 맡고 있는 역할에 충실해야 하는 거요."

리비에르는 신중하게 말하고 있었다.

"어쩌면 당장 내일 밤에라도 그 조종사에게 위험한 출발을 명령하게 될지도 모를 일이오. 그러면 그는 당신의 명령에 복종해야 할 사람이란 말이오."

"네……."

"당신은 여러 사람의 목숨, 당신보다 더 가치가 있는 사람들의 목숨을 책임지고 있는 것이오……."

주저하는 듯하더니 그가 덧붙였다.

"그건 아주 중대한 일이오."

여전히 잔걸음으로 걷고 있던 리비에르가 잠시 입을 다물었다.

"만일 그들이 당신에게 복종하는 것이 우정 때문이라면 당신은 그들을 속이는 겁니다. 개인적으로는 그들에게 어떤 희생도 요구할 권리가 당신에게는 없소."

"물론…… 없습니다."

"그리고 그들이 당신의 우정을 믿고 힘든 일에서 자기들을 빼주겠거니 생각한다면 그 또한 그들을 속이는 겁니다. 그들은 복종하지 않으면 안 됩니다. 거기 앉으시오."

리비에르가 로비노를 부드럽게 자기 책상 쪽으로 떠밀었다.

"로비노, 나는 당신을 제 위치로 돌려놓겠소. 당신이 지쳐 있더라도 당신의 힘을 북돋울 사람은 부하직원들이 아니오. 그런데 상사라는 사람이 약한 모습을 보이는 건 웃음거리밖에 안 된단 말이오. 자, 받아쓰시오."

"저는……."

"받아써요. '로비노 감독관은 펠르랭 조종사에게 이러이러한 이유로 이러이러한 벌을 내림…….' 어떤 이유든 그건 당신이 생각해내시오."

"본부장님!"

"로비노, 내 말을 이해했다면 그대로 이행하시오. 당신의 부하들을 사랑하시오. 하지만 그들이 알지 못하게 사랑하시오."

이제 로비노는 다시 열을 내어 프로펠러의 회전축을 닦게 할 것이다.

한 비상 착륙장에서 전신을 보내왔다.

"비행기 보임. 비행기에서 '회전 속도 낮춤, 착륙하겠음' 이란 전신을 보내왔음."

아마도 30분은 지체될 것이다. 리비에르는 특급열차가 선로 위에 딱 멈춘 채로 시간이 지나도 평원을 벗어나지 못하고 있을 때와도 같은 짜증을 느꼈다. 괘종시계의 큰바늘이 지금은 죽은 공간을 그리고 있었다. 컴

퍼스가 벌린 간격 속에 많은 사건이 포함될 수도 있을 것이다. 리비에르는 지루함을 잊으려고 밖으로 나갔다. 밤은 마치 배우 없는 무대처럼 텅 비어 있는 듯했다. "이런 밤을 놓치다니!" 창문을 통해서 그는 별이 총총한 하늘, 그 멋진 항공 표지, 헛되이 버린 밤의 금빛 달을 원망스럽게 바라보고 있었다.

그러나 비행기가 이륙하면 그 순간부터 밤은 리비에르에게 더욱 감동적이고 아름답게 보였다. 밤은 그 태내에 생명을 잉태하고 있고, 리비에르는 그 생명을 보살피고 있는 것이었다.

"날씨는 어떤가?" 리비에르가 승무원에게 묻게 했다.

10초 후에 답신이 왔다.

"아주 좋음."

이어서 통과한 도시의 이름들이 들려왔다. 리비에르에게 있어 그것은 그 전투에서 함락한 도시들이었다.

7

한 시간 후, 파타고니아 노선 우편기의 무선기사는 마치 누군가가 어깨로 떠밀듯 몸이 부드럽게 들리는 듯한 느낌을 받았다. 그는 주위를 둘러보았다. 검은 먹구름에 별빛이 스러지고 있었다. 그는 지상을 내려다보았다. 풀숲에 숨은 반딧불과도 같은 마을의 불빛을 찾으려고 했으나 그 검은 풀숲에는 반짝이는 것이라곤 아무것도 없었다.

그는 전진과 후퇴를 반복하며 정복한 땅을 되돌려줘야 하는 힘든 밤을 예감하며 기분이 나빠졌다. 조종사의 전략을 알지 못하는 그로서는 다만 이대로 가다가는 흡사 벽과도 같은 밤의 두께에 부딪칠 것 같은 느낌이 들었다.

지평선상에서 대장간의 화덕과도 같은 희미한 불빛을 발견한 무선기사가 파비앵의 어깨를 건드려 보았지만, 조종사는 꼼짝도 하지 않았다.

멀리서 뇌우를 동반한 난기류가 비행기를 공격해오고 있었다. 금속덩이의 기체가 부드럽게 들리면서 무선기사의 몸뚱이를 내리누르는가 싶더니 자취도 없이 사라져 버리는 것 같았다. 그는 몇 초 동안 밤 속에 홀로 떠돌고 있는 느낌이 들었다. 그래서 그는 양날개의 강철 뼈대에 두 손을 짚고 꽉 달라붙었다.

그리고는 조종석의 적색 램프 외에는 아무것도 보이지 않았기 때문에 그는 그 작은 램프에만 의지한 채 어떤 도움도 없이 밤의 한가운데로 내려가는 것 같아 섬뜩했다. 그는 조종사가 어떤 결정을 내리려는지 감히 물어볼 용기가 나지 않아서 두 손으로 강철 뼈대를 힘주어 잡고는 조종사 쪽으로 몸을 수그린 채 그 시커먼 목덜미만 쳐다보고 있었다.

희미한 빛 속에서 머리와 어깨만이 드러나 보였다. 그 몸뚱이는 왼쪽으로 야간 기대고 있는 시커먼 덩어리에 지나지 않았지만, 뇌우와 마주한 얼굴은 번개가 칠 때마다 아마도 잠깐잠깐 드러날 것이다. 그러나 무선기사는 그 얼굴을 볼 수 없었다. 시무룩한 얼굴도 의지도 분노도, 돌풍과 맞서기 위해 얼굴에 밀려드는 그 모든 감정 표현들, 그 창백한 얼굴과 저기서 번쩍번쩍하는 번개 사이에 교환되는 중요한 것들을 무선기사로서는 볼 수가 없었다.

그러나 무선기사는 미동도 없는 그림자 같은 몸뚱이 속에 뭉쳐 있는 힘을 감지하고 있었다. 그는 이 그림자를 사랑했다. 이 그림자는 그를 뇌우를 향해 데려가기도 하지만, 그를 보호해주는 것도 그것이었다. 조종간을 꽉 쥐고 있는 양손은 짐승의 목을 조르듯 이미 돌풍을 짓누르고 있는 것이 틀림없지만, 힘이 잔뜩 들어간 양어깨는 꼼짝도 하지 않고 있어서 어떤 심오함이 느껴졌다.

무선기사는 어쨌거나 비행을 책임지고 있는 사람은 조종사라고 생각했다. 이제 그는 흡사 불 속으로 달려드는 말의 엉덩이에 앉아 끌려가는 채로 바로 눈앞에서 그 시커먼 형체가 나타내는 물질적이고 묵직한 것, 그것이 의미하는 영속적인 것을 음미하고 있었다.

왼쪽에서 또 하나의 번개가 깜박이는 등처럼 희미하게 번쩍였다.

그걸 알려주려고 파비앵의 어깨를 건드리려고 하던 무선기사는 조종사가 천천히 고개를 돌리더니 새로 나타난 적을 잠시 보고 있다가 다시 천천히 원래의 자세로 돌아가는 것을 보았다. 그 어깨는 여전히 꼼짝도 하지 않았고, 목덜미는 가죽의자에 기대어져 있었다.

8

리비에르는 좀 걸으면서 다시 몰려오는 불안감을 가라앉히기 위해 밖으로 나왔다. 행동, 그것도 극적인 행동을 위해서만 살고 있는 그는 이상하게도 극적 사건이 방향을 바꾸고 개인적인 것이 되는 걸 느꼈다. 그는 소도시의 시민들은 야외음악당 주변을 서성이며 겉으로는 조용한 삶을 살고 있지만, 그들도 때로는 병이니 사랑이니 죽음이니 하는 감당하기 힘든 극적인 일을 겪고 있다고 생각했다. 그리고 어쩌면…… 그 자신의 불안이 많은 교훈을 주고 있는지도 몰랐다. 그는 이렇게 생각했다. ‘그래서 시야가 트이는 것이다.’ 라고.

밤 11시경 그는 마음이 좀 가벼워지자 사무실로 향했다. 그는 영화관 앞에 모인 인파를 천천히 헤치고 걸었다. 그는 네온 불빛에 거의 지워진 채로 좁은 길 위의 하늘에서 반짝이는 별들을 올려다보며 생각했다. ‘나의 우편기 두 대가 비행중인 오늘 밤, 나는 하늘 전체에 대해 책임이 있

다. 저 별은 이 군중 속에서 나를 찾다가 나를 발견했다는 신호다. 내가
이방인처럼, 외톨이처럼 느껴지는 것은 그 때문이다.'

그는 한 악절이 떠올랐다. 어제 친구들하고 같이 듣던 어떤 소나타의
가락이었다. 그 음악을 이해하지 못한 친구들이 이런 말을 했었다. "이런
음악은 듣기가 지루해. 자네도 지루하긴 마찬가지면서 다만 그걸 시인하
지 않고 있을 뿐이야."

"글쎄……" 하고 그는 대답했었다.

이 밤처럼 그때도 그는 외톨이가 된 느낌이 들었지만, 이내 그런 고독
의 귀중한 가치를 깨달았었다. 감미로운 비밀을 담은 그 음악의 메시지
가 그 평범한 사람들 중에서 오직 그에게만 전해진 것이다. 별의 신호도
마찬가지였다. 이 많은 사람들의 어깨 너머로 그에게만 들리는 언어로
말하고 있는 것이었다.

보도에서 어떤 사람이 떠밀었을 때 그는 또다시 생각했다. '화내지 않
으련다. 나는 인파 속을 잔걸음으로 걸어가는, 병든 자식을 둔 아버지와
도 같으니까. 그 아버지는 마음속에 집 안에 흐르는 정적을 간직하고 있
는 것이다.'

그는 사람들을 바라보았다. 그는 잔걸음으로 산책하는 사람들 중에서
그들의 창작물이나 사랑을 간직하고 있는 이들이 있는지 찾아보았다. 그
리고는 등대지기들의 고독을 생각했다.

정적이 감도는 사무실들이 그는 마음에 들었다. 그는 사무실을 차례로
천천히 지나갔고, 그의 발자국 소리만 울리고 있었다. 타자기들은 덮개
를 뒤집어쓰고 잠들어 있었다. 차곡차곡 정리된 서류가 들어 있는 커다

란 장들은 잠겨 있었다. 10년의 경험과 노력이 기록된 서류. 문득 그는 은행의 지하금고를 둘러보고 있는 느낌이 들었다. 거기에는 부가 축적되어 있었다. 그는 거기 있는 장부 하나하나가 금은 보화보다 더 값진 것, 즉 살아 있는 힘을 축적하고 있다고 생각했다. 그건 은행의 금처럼 살아 있으나 잠들어 있는 힘이었다.

어디에선가 숙직하는 직원을 만나게 될 것이다. 어디에선가 그 직원은 생명을 지속시키고, 의지를 지속시켜서 툴루즈에서 부에노스아이레스까지의 이 비행장에서 저 비행장으로 연결 고리가 끊어지지 않도록 일하고 있는 것이다.

'그 사람은 자신이 얼마나 위대한 일을 하고 있는지 모른다.'

어느 하늘에선가 우편기들이 사투를 벌이고 있을 것이다. 야간 비행은 병에 걸린 듯이 생명을 유지하고 있어서 보살펴주어야만 했다. 손과 무릎, 가슴과 사슴을 낮대고 어둠과 맞서 싸우고 있는 그들, 보이지 않게 움직이는 것들이 있다는 것밖에는 아무것도 몰라서 바다에서 빠져나오듯이 허우적거리며 헤쳐나가야 하는 그들을 도와주어야 했다. "내 손이라도 보려면 램프를 켜야 했다……"라며 이따금 그들은 얼마나 처질한 고백을 했던가! 사진사의 붉은 현상액 속에서 드러나는 것 같은 두 손의 솜털. 그것은 세상에 남아 있어야 하고 또 구해내야만 하는 것이다.

리비에르는 영업소의 문을 밀고 들어갔다. 단 한 개의 램프가 한쪽 구석에 밝은 모래사장을 만들어내고 있었다. 또닥또닥…… 한 대의 타자기가 내는 소리가 그 정적에 어떤 의미를 주고 있었다. 간간이 전화 벨소리가 울렸다. 그러자 숙직원이 일어나 그 끈질기게 울리는 서글픈 벨소리를 향해 걸어갔다. 숙직원이 수화기를 들면 보이지 않는 불안이 사그라졌다. 어두운 구석에서 아주 조용히 주고받는 대화였기 때문이다. 그러고 나서 그가 태연하게 자기 책상으로 돌아왔는데, 이해할 수 없는 비밀이 담긴 그 얼굴에 고독과 졸음이 배어 있었다. 우편기 두 대가 비행중인 때에 바깥의 밤에서 걸려오는 전화 벨소리는 얼마나 위협적인가. 리비에르는 저녁 등불 아래 모여 앉은 가족들에게 충격을 주는 전보를 생각하고, 이어서 한없이 긴 그 몇 초 동안 아버지의 얼굴에 비밀로 남는 그 불행에 대해 생각했다. 처음에 그것은 내지르는 외침과는 거리가 먼, 아주 조용한 위력 없는 충격이었다. 그래서 전화벨이 울릴 때마다 그는 그 은밀한 벨소리에서 그 외침의 약한 메아리를 듣고 있었다. 그때마다 숙직원은 마치 깊은 물 속에서 고독하게 헤엄치는 사람처럼 느릿느릿 움직이다 올라오는 사람처럼 그림자를 드리우고 램프 불빛을 향해 돌아왔는데, 그 동작이 리비에르에게는 많은 비밀을 간직한 것 같이 보였다.

"내가 받을 테니 자넨 그냥 있게."

리비에르는 수화기를 들고 외부 세계의 소리를 들었다.

"리비에르요."

잡음에 이어 목소리가 들렸다.

"무선전신국을 연결하겠습니다."

또다시 들리는 잡음, 교환기에 접속선을 끼우는 소리였다. 이어서 목소리가 들렸다.

"무선전신국입니다. 전신을 알려드립니다."

리비에르는 전신의 내용을 받아쓰고는 고개를 끄덕였다.

"알았소…… 잘 알겠소."

중대한 일은 없었다. 사무에 관한 정규적 보고였다. 리우데자네이루에서는 어떤 정보를 요청했고, 몬테비데오에서는 날씨에 대한 보고를 했고, 멘도사에서는 자재에 관해 문의했다. 그것은 회사에서 일상적으로 있는 일과였다.

"우편기들은 어떻소?"

"천둥이 심해서 비행기와 통신이 되지 않습니다."

"알겠소."

리비에르는 이곳의 밤은 청명하고 별이 총총하건만 무선전신기사들은 밤 속 멀리 있는 뇌우의 입김을 알아차리는구나, 하고 생각했다.

"나중에 다시 통화합시다."

리비에르가 일어나자, 숙직원이 다가왔다.

"결재하실 서류들입니다……."

"알았네."

리비에르는 밤의 무게를 같이 져주고 있는 그 직원에게 깊은 우정을 느끼면서 생각했다. '전우의 한 사람이다. 이 친구는 아마도 이 밤이 우리 두 사람을 얼마나 결합시켜주고 있는지 모를 것이다.'

9

　한 뭉치의 결재 서류를 들고 자기 사무실로 들어간 리비에르는 오른쪽 옆구리에 심한 통증을 느꼈는데, 몇 주일 전부터 그를 괴롭히고 있는 통증이었다.

　'느낌이 좋지가 않아……..'

　그는 잠시 벽에 기댔다.

　'어처구니가 없군.'

　그는 안락의자에 앉았다.

　그는 자신이 오랏줄에 묶인 늙은 사자같이 느껴져서 비애에 젖었다.

　'이 꼴이 되려고 그토록 열심히 일했단 말인가! 쉰 살, 오십 년이란 세월을 살면서 나 자신을 단련하고 싸우며 사태의 추이를 바꿔왔다. 그런데 이제는 이런 통증 따위에 맥을 못 추면서 중대사라도 되는 양 신경을 쓰고 있다니……. 정말 어처구니가 없군.'

그는 통증이 가라앉기를 기다렸다가 땀을 닦아내고 결재 서류를 들여다보았다.

"부에노스아이레스에서 엔진 301을 분해하는 중에 확인한 결과…… 책임자에게 중징계를 내림."

그는 서명했다.

"플로리아노폴리스 비행장은 지시를 어겼기 때문에……."

그는 서명했다.

"규정상 비행장 주임 리샤르를 전근시키겠음. 그는……."

그는 서명했다.

그리고는 일단 가라앉기는 했지만 몸 속에 살아 있는 옆구리 통증이 인생의 새로운 의미를 던져주듯 새삼 그 자신에 대해 돌아보게 하는 것에 그는 씁쓸해졌다.

'내가 공정한 사람인지 불공정한 사람인지, 그건 나도 모른다. 내가 강력하게 처벌하면 사고가 줄어든다. 그 책임은 사람에게 있는 것이 아니다. 그것은 오묘한 힘과도 같아서 모든 사람을 처벌하지 않고서는 그 누구도 절대 처벌할 수가 없다. 내가 아주 공정하게 한다면, 야간 비행은 매번 치명적인 상황을 맞을 것이다.'

그는 그렇게 엄하게 나갈 길을 제시해왔던 것에 피로를 느끼면서 동정심이란 좋은 것이라고 생각했다. 그는 그런 생각에 골몰하면서도 여전히 서류를 훑어보고 있었다.

"……오늘부로 로블레를 비행기 작업반에서 제명함."

그는 그 늙은이를 생각하면서 저녁에 나누었던 이야기를 떠올렸다.

"유감스럽지만 본보기로 내리는 벌이오."

"하지만 본부장님…… 본부장님…… 한 번만, 딱 한 번만 선처해주십시오! 저는 평생을 바쳐 이 일을 해왔습니다."

"본보기가 필요합니다."

"하지만 본부장님!…… 이걸 좀 봐주세요, 본부장님!"

그렇게 말하며 늙은이가 낡은 지갑에서 오래된 신문지 조각을 꺼냈는데, 젊은 날의 로블레가 비행기 옆에 서 있는 사진이 실려 있었다.

리비에르는 젊은 날의 영광이 실린 종이를 쥐고 부들부들 떠는 늙은 손을 보았다.

"본부장님, 1910년…… 아르헨티나 노선 최초의 비행기 엔진 조립을 한 사람이 접니다! 1910년부터 비행기 작업반에서 일해온 지…… 어언 20년이 됐습니다! 그런데 어떻게 그런 말씀을……. 이러시면 젊은애들이 작업반을 얼마나 우습게 보겠습니까?……. 정말 비웃을 겁니다!"

"그건 내가 상관할 바가 아니오"

"본부장님, 그러면 제 자식들은 어떡합니까?"

"잡역부 일자리를 주겠다고 말하지 않았소."

"그러면 제 체면이 어떻게 되겠습니까? 본부장님, 제 체면을 좀 생각해주십시오! 본부장님, 20년 간 비행기 작업반에서 일해온 저 같은 늙은 직공에게……"

"잡역부 일을 하시오."

"거절하겠습니다, 본부장님. 그건 못합니다!"

늙은 손이 떨리고 있었고, 리비에르는 주름이 자글자글한 그 두툼하고 아름다운 살갗에서 눈길을 돌렸다.

"잡역부로 일하시오."

"싫습니다, 본부장님. 그건 못 하겠습니다……. 한마디만 더 하겠습니다……."

"이제 그만 돌아가시오."

리비에르는 이런 생각을 하고 있었다. '내가 이렇게 매몰차게 해고한 것은 이 사람이 아니다. 그의 책임이었다는 것이 아니라 어쩌면 그를 거쳐서 일어났을지 모를 잘못을 잘라버린 것이다. 왜냐하면 인간의 명령에 따라 복종하다 만들어지는 것이 사건이기 때문이다. 인간이란 것도 보잘것없는 사물일 뿐이며, 그것 역시 인간이 만들어내는 것이다. 따라서 잘못이 인간을 거쳐서 일어날 때에는 그 인간을 잘라버려야 하는 것이다.'

'한마디만 더 하겠습니다……', 그 가련한 노인은 무슨 말을 하려고 했을까? 자기가 왜 오랜 기쁨을 빼앗겨야 하냐고? 비행기의 강철에 부딪치는 연장 소리를 그토록 좋아했는데 왜 그 위대한 시적인 인생을 빼앗겨야 하냐고…… 그리고는 앞으로 자기가 어떻게 살아야 하느냐는 말을 하고 싶었을까?

'정말 고단하군' 하고 리비에르는 생각했다. 온몸을 부드럽게 어루만지는 듯한 열이 오르고 있었다. 그는 그 서류를 톡톡 치면서 '그 늙은 동료의 얼굴을 좋아했는데……' 라고 속으로 말했다. 그리고는 그 늙은 손을 다시 떠올리자, 합장하려고 힘없이 움직이던 두 손이 생각났다. '좋소. 그대로 남아 일하시오' 라고 말했더라면……. 리비에르는 늙은 손에 흘러 넘칠 기쁨을 상상해 보았다. 그 얼굴이 아니라 그 늙은 직공의 손이 표현해줄 그 기쁨이 그에게는 세상에서 가장 아름다운 것같이 생각되었다. '이 서류를 찢어버릴까?' 하고 속으로 말하며 리비에르는 퇴근하고 돌아간 저녁에 늙은이가 가족들에게 할 겸손한 자랑을 상상했다.

"그럼, 그대로 일하게 되는 거예요?"

"물론이지! 아르헨티나 노선의 첫 비행기의 엔진을 조립한 사람이 난데 그럼!"

그리고 젊은 직공들에게도 웃음거리가 안 되는 것이며, 고참의 위신도 회복하는 것이련만…….

'찢어버릴까?

그때 전화벨이 울렸다. 리비에르가 수화기를 들었다.

한참 후, 바람과 공간이 인간의 목소리에 가져다주는 울림과 그 깊이. 이윽고 목소리가 들렸다.

"여기는 비행장입니다. 누구십니까?"

"리비에르요."

"본부장님, 650 우편기가 활주로에서 대기하고 있습니다."

"알았네."

"준비는 완료되었지만, 마지막 순간에 접속에 결함이 있어서 전기 회로를 손봐야 했습니다."

"누가 배선했나?"

"알아보겠습니다. 본부장님께서 허락하신다면 처벌하겠습니다. 자칫 기내 전등에 고장이라도 났다간 큰일이니까요!"

"물론이지."

리비에르는 생각했다. '잘못은 어디서든 발견되는 즉시 뿌리째 뽑아버리지 않으면 여기저기서 고장을 일으키게 된다. 그래서 그 원인을 발견했을 때 그냥 눈감아준다는 것은 범죄이다. 역시 로블레는 내보내야 한다.'

아무것도 모르는 숙직원은 여전히 타자를 치고 있었다.

"그게 뭔가?"

"보름간의 회계입니다."

"아직까지 안 됐단 말인가?"

"그게……."

"나중에 보세."

'사건들이 우세하다는 것이 이상하다. 위업 주위에는 처녀림을 들어올리는 것 같은 알지 못할 힘이 커지고 강해지고 숏는 것이 이상하다.' 신전은 작은 칡넝쿨에 무너진다는 것을 리비에르는 잊지 않고 있었다.

'위업이란…….'

그는 또 이런 생각을 하면서 마음을 다잡았다.

'나는 그 사람들을 모두 사랑한다. 내가 싸워야 할 대상은 그들이 아니다. 그들을 거쳐서 일어나는 것, 즉 과실과 싸우는 것이다…….'

그는 심장이 빠르게 뛰는 것이 괴로웠다.

'나는 내가 한 일이 옳은 일인지 아닌지 모른다. 나는 인생이니 정의니 고뇌니 하는 것들의 정확한 가치를 알지 못한다. 나는 한 인간의 기쁨이 어떤 가치를 갖고 있는지 정확하게 모른다. 떨리는 손이니 동정이니 부드러움이 어떤 가치를 갖고 있는지도 정확하게 모른다.'

그는 상상했다.

'인생은 모순에 차 있다. 그저 할 수 있는 한 그럭저럭 지내는 길밖에 없다……. 그러나 영속한다는 것, 창조한다는 것, 덧없는 육신을 다른 것과 바꾼다는 건…….'

리비에르는 잠시 생각에 잠겼다가 벨을 눌렀다.

"유럽 노선 우편기의 조종사에게 전화해서 출발하기 전에 나한테 들르라고 전해주게."

그는 생각했다.

'이 우편기가 헛되이 되돌아와서는 안 된다. 내가 부하직원들을 격려해주지 않으면 밤은 언제나 그들을 불안하게 만들 것이다.'

10

선화 때문에 잠이 깬 조종사의 아내는 남편을 쳐다보며 생각했다.

'좀더 자게 둬야지.'

그녀는 남편이 드러내놓은 잘 빠진 가슴에 탄복하며 멋진 배를 연상했다. 남편은 항구에 정박한 배와도 같은 이 평온한 침대에서 쉬고 있었다. 그녀는 남편의 잠을 방해하는 것이 없도록, 신의 손길이 바다를 잠재우듯 손가락으로 주름과 그림자, 파도를 없앴다.

그녀가 일어나서 창문을 열자, 바람이 얼굴에 스쳤다. 그 방에서는 부에노스아이레스가 내려다보였다. 옆집에서는 사람들이 춤을 추는지 바람결에 음악소리가 들려왔다. 쾌락과 휴식의 시간이기 때문이다. 10만의 성채 안에 밀집되어 있는 이 도시의 시민들, 모든 게 평온하고 안전했다. 하지만 조종사의 아내는 '전투 준비!' 하고 고함치는 소리가 나면, 자기 남편 한 사람만이 벌떡 일어날 것만 같았다. 남편은 아직 잠들어 있지만,

그 휴식은 돌격을 앞둔 예비대의 조마조마한 휴식과도 같은 것이었다.
이 잠든 도시는 남편을 지켜주지 않고 있었다. 남편이 젊은 신(神)처럼 도
시의 먼지에서 일어날 때면 도시의 불빛들은 그에게 허망한 것으로 여겨
질 것이다. 그녀는 한 시간 뒤면 유럽 노선 우편기를 책임져야 할 단단한
팔을 쳐다보았다. 한 도시의 운명만큼이나 중대한 책임을 지고 있는 남
편의 팔이었다. 그녀는 마음이 혼란스러웠다. 수백만의 인구 가운데서
남편만 이 얄궂은 희생을 각오하고 있는 것이었다. 그녀는 그것이 가슴
아팠다. 남편은 아내의 따뜻한 품에서도 빠져나가는 것이었다. 그녀가
남편을 위해 음식을 만들고 보살피고 어루만져주었던 것은 그녀 자신을
위해서가 아니라, 이제 그를 빼앗아가려는 이 밤을 위해서였다. 그녀가
전혀 알지 못하는 싸움과 불안과 승리를 위해서였다. 그 다정한 손길은
길들여진 것에 지나지 않고, 그 손이 하는 진정한 일은 알 수가 없었다.
그녀는 이 남자의 미소와 남편으로서 마음을 써주는 건 알고 있지만, 폭
풍과 싸울 때의 그 숭고한 분노는 모르고 있었다. 그녀는 남편을 음악이
니 사랑이니 꽃이니 하는 애정 어린 끈으로 옭아매지만, 매번 출발할 시
간이 되면 남편은 괴로워하는 기색도 없이 그 끈들을 풀어버렸다.

　남편이 눈을 떴다.

　"몇 시요?"

　"자정이에요."

　"날씨는 어떻소?"

　"모르겠어요……."

　남편이 일어나 기지개를 켜며 천천히 창가로 걸어갔다.

　"그리 춥지는 않겠군. 바람이 어느 쪽으로 불지?"

"내가 그걸 어떻게 알겠어요?"

그는 창 밖으로 몸을 내밀었다.

"남풍이라. 좋았어. 적어도 브라질까지는 순조롭게 가겠군."

그는 달을 쳐다보고는 뿌듯한 느낌이 들었다. 그리고는 도시를 내려다보았다.

그에게는 불빛이 반짝이는 도시가 아늑하게도 따뜻하게도 생각되지 않았다. 그는 그 불빛이 하잘것없는 모래처럼 와르르 무너지는 모습이 눈에 선했다.

"무슨 생각을 하세요?"

그는 포르투알레그레 쪽은 안개가 꼈을 가능성이 있다는 생각을 하고 있었다.

'전략이 있지. 어느 쪽으로 돌아서 갈지 알고 있거든.'

그는 여전히 창 밖으로 몸을 내밀고 있었다. 그는 발가벗고 바다에 뛰어들려는 사람처럼 깊은숨을 들이쉬었다.

"당신은 슬퍼하는 기색조차 없군요……. 이번엔 얼마나 걸리죠?"

일주일, 열흘. 그도 알 수가 없었다. 슬프다니, 천만에. 무엇 때문에 슬퍼한단 말인가? 이 들판, 도시, 산……. 그는 그것들을 정복하러 홀가분하게 떠나는 느낌이 들었다. 그는 한 시간 안에 부에노스아이레스를 점유했다가 버리게 될 거란 생각도 하고 있었다.

그는 빙긋이 미소를 지으며 생각했다.

'이 도시…… 나는 여기서 빠르게 멀어져갈 것이다. 밤에 떠난다는 건 신나는 일이다. 가스 핸들을 남쪽으로 잡아당기고 10초만 지나면 어느새 북쪽의 풍경으로 바뀐단 말야. 도시는 해저에 지나지 않아.'

아내는 남편이 정복하기 위해 버려야 하는 모든 것들을 생각하고 있었다.

"당신은 집이 싫어요?"

"물론 집을 좋아하오……."

하지만 아내는 남편의 마음이 이미 비행기를 조종하고 있다는 걸 알고 있었다. 그의 딱 벌어진 어깨는 이미 하늘과 대항하고 있는 것 같았다.

그녀는 남편에게 하늘을 가리켰다.

"날씨가 좋네요. 당신이 날아가는 길에는 별들이 깔려 있어요."

그가 웃었다.

"그렇지."

그녀는 그 어깨에 손을 얹고 따뜻한 체온이 느껴지자 가슴이 뭉클했다. 이 육체가 위협을 받고 있단 말인가?……

"강한 분이지만 부디 조심하세요!"

"물론이오. 조심하리다……."

그는 또 한번 웃었다.

그는 옷을 갈아입고 있었다. 그는 축제에 입을 옷으로 제일 거친 천으로 된 옷과 제일 무거운 가죽옷을 골라 농사꾼 같은 차림을 했다. 남편의 차림이 두툼해질수록 그녀는 감탄의 눈길로 바라보았다. 그녀는 직접 혁대를 채워주고 나서 장화를 잡아당겨 주었다.

"이 장화는 불편하구려."

"그럼 다른 걸로 신어요."

"보조 램프에 매달 끈이나 하나 갖다주구려."

그녀는 남편을 훑어보았다. 그 복장에 허술한 데가 없는지 그녀가 직접 일일이 점검하고 있는 것이었다. 어느 한 군데 빈틈이 없었다.

"당신 정말 멋져요."

그녀는 남편이 정성 들여서 머리를 빗는 걸 알았다.

"별들을 위해 그렇게 모양을 내는 거예요?"

"아니, 젊어진 기분이 들기 위해서요."

"질투가 나네요……."

그는 다시 빙긋이 웃고는 아내에게 키스를 하고 나서 두툼하게 옷을 입은 품에 꼭 안아주었다. 그리고는 두 팔에 힘을 주어 어린아이를 들어올리듯 그녀를 번쩍 안아서 웃는 얼굴로 침대에 눕혔다.

"좀더 자구려!"

그리고 문을 닫고 거리로 나온 그는 밤의 낯선 사람들 속에서 정부의 첫걸음을 떼었다.

그녀는 침대에 누운 채로 남편에게는 해저에 지나지 않는 그 꽃들과 책들, 그 아늑함을 쓸쓸한 기분으로 바라보았다.

11

리비에르가 그 조종사를 맞아들였다.

"지난 번 비행에서 실수를 했더군. 기상 통보가 좋았는데도 돌아서 왔어. 그대로 통과할 수도 있었을 텐데 겁이 났었나?"

뜻밖의 질문에 놀란 조종사는 입을 다물고 있었다. 그는 천천히 두 손을 비비고 있다가 고개를 들고 리비에르를 똑바로 쳐다보며 대답했다.

"네."

리비에르는 겁이 났었다고 말하는 그 용감한 젊은이를 마음속으로 동정하고 있었다. 조종사는 변명을 해보았다.

"아무것도 보이지 않았습니다. 물론 좀더 가면…… 어쩌면…… 무선전신국에서 알려주는 대로……. 하지만 조종석의 램프 불빛이 희미해서 내 손조차 보이지 않았어요. 비행기 날개라도 보려고 표지등을 켜보았지만 소용이 없었어요. 다시 올라오기 힘든 커다란 구멍 속에 깊이 빠져버린 느낌이 들었어요. 그때 엔진이 진동하기 시작했어요."

"아니."

"아니라니요?"

"그건 아니지. 나중에 점검해보았는데 엔진은 아무 이상 없었네. 하지만 겁을 먹으면 엔진이 진동한다는 생각이 드는 법이지."

"누구라도 겁이 났을 겁니다! 산에 에워싸여 있었고, 올라가려고 하면 난기류와 부딪쳤어요. 아시겠지만 앞이 전혀 보이지 않을 때에 난기류를 만나면…… 아무리 날아오르려고 해도 급강하하게 되죠. 자이로스코프도, 심지어는 압력계도 보이지 않았어요. 엔진의 회전속도가 떨어지는 것 같더니 뜨겁게 달아오르고, 오일의 압력도 떨어지는 것 같았어요……, 그 모든 것이 무슨 병에라도 걸린 듯이 어둠 속에서 일어나고 있었어요. 불빛이 환한 도시를 다시 보게 되었을 때는 정말 기뻤어요."

"상상력이 너무 풍부하군. 그만 나가 보게."

조종사가 나갔다.

리비에르는 소파에 몸을 깊숙이 파묻고 앉아 반백이 된 머리칼에 손을 가져갔다.

'내 부하들 중에서 가장 용감한 친구야. 그날 밤 무사히 돌아올 수 있었던 것은 정말 훌륭한 일이었어. 하지만 나는 그 친구를 두려움에서 구해준 것이다……'

그러다가 마음이 약해지는 걸 느끼자, 그는 이렇게 마음을 다잡았다.

'사랑을 받으려면 동정하기만 하면 된다. 하지만 나는 동정하지 않는다. 아니 동정하지 않는 것이 아니라 겉으로 드러내지 않는다. 나도 우정과 인간적인 기쁨 속에 살고 싶은 마음이 간절하다. 의사는 자신의 직무를 행하는 과정에서 우정과 인간적인 기쁨을 얻는다. 하지만 나는 사건들이 일어나는 걸 방지하는 책임을 지고 있다. 나는 부하들이 사고에 대처할 수 있도록 훈련시켜야 한다. 저녁 때, 항공지도를 펴놓고 사무실에 앉아 있노라면 이 숨은 법칙이 잘 느껴진다. 내가 신경을 쓰지 않으면, 아무리 규율을 잘 지키고 있다고 해도 그 흐름에 내맡기면 이상하게도 사고가 일어난다. 마치 내 의지만이 비행중의 기체에 이상이 생기는 걸 막고, 그리고 우편기의 도착을 지연시키는 폭풍을 막기라도 하듯이. 내 능력에 나 스스로도 이따금 놀란다.'

그는 또 이런 생각도 했다.

'잔디를 깎는 정원사의 끝없는 투쟁도 어쩌면 이와 마찬가지일 게 분명하다. 정원사는 손의 무게만으로 땅이 끊임없이 준비하는 원시림을 땅속으로 도로 밀어 넣는 셈이니까.'

그는 그 조종사를 생각했다.

'나는 두려움에서 그를 구해준 것이다. 내가 공격하는 것은 그 친구가 아니라, 그 친구를 통해, 미지의 것 앞에서 인간을 꼼짝달싹 못하게 만드는 그 힘을 공격하는 것이다. 만일 내가 그의 말을 듣고 동정한다면, 내가 그의 모험을 인정해준다면, 그는 미지의 세계에서 살아 돌아온 것이라고 생각할 것이다. 그런데 사람이 두려워하는 것은 오로지 미지의 세계뿐이다. 시커먼 우물 속 같은 그 미지의 세계로 내려가긴 했는데 다시 올라와서는 아무것에도 부딪치지 않았다고 말하게 해야 한다. 즉 밤의 깊은 속으로 내려간 그 조종사가 그 어둠의 두께 속에서 손이나 날개밖에 비추지 못하는 광부용 램프 없이도 딱 벌어진 어깨로 그 미지의 세계를 헤치

고 나오게 만들어야 하는 것이다.'

그러나 이런 싸움에서는 겉으로 드러내지 않는 깊은 우애가 리비에르와 부하 조종사들을 결속시키고 있었다. 그들은 한 배를 타고, 싸워 이기겠다는 같은 욕망을 시험하고 있는 사람들이었다. 하지만 리비에르는 밤을 정복하기 위해 시작했던 또 다른 싸움들이 생각났다.

정부 관계자들은 그 암흑의 영토를 탐험되지 않은 미개간지처럼 불안하게 여겼다. 밤이 감추고 있는 폭풍과 안개와 예기지 못할 난관을 향해 우편기를 시속 2백 킬로미터로 내보낸다는 것이 그들에게는 군사 항공에서나 허용될 수 있는 모험으로 생각되었던 것이다. 군사 항공의 경우는 맑은 날 밤에 이륙하여 적진을 폭격하고 기지로 되돌아오면 그만이지만, 정기 우편 항공의 경우는 밤에는 실패하리라는 것이 관계자들의 주장이었다. 리비에르는 '낮 동안에 일껏 철도나 배를 앞섰던 것을 밤마다 잃고 있어서 우리에게 있어 속도 경쟁은 있어 사느냐 죽느냐의 문제' 라고 항변했었다.

리비에르는 답답해 하면서 손익이니 보험이니 특히 여론이니 하는 따위에 대해 하는 얘기를 듣고 있다가 "여론이야…… 조성하면 되는 겁니다" 하고 응수했었다. 그는 이런 생각을 하고 있었다. '얼마나 많은 시간을 잃어버렸던가! 뭔가…… 그 모든 걸 능가하는 뭔가가 있다. 생명이 있는 것은 살기 위해 모든 것과 부딪치며, 살아남기 위한 고유의 법칙을 만들어내는 것이다. 그건 막을 수 없는 것이다.' 리비에르는 상업적인 항공 사업이 언제, 어떻게 야간 비행에 착수할지 모르고 있었지만, 필연적인 해결책을 강구해야 한다고 생각했다.

제멋대로 결정을 내리는 정부 관계자들 앞에서 주먹으로 턱을 괸 채로 반대 의견들을 듣고 있다가 그는 힘이 솟는 듯한 묘한 감정을 느꼈던 것이 생각났다. 그 반대 의견들이 그에게는 무의미하고, 미리 유죄를 선고받는 것처럼 여겨졌었다. 그러자 그는 몸 속에 묵직하게 뭉쳐지는 힘 같은 걸 느꼈다. '나의 판단은 영향력이 있다. 난 설득하고야 말 것이다. 당연히 그렇게 될 것이다' 라고 리비에르는 생각했다. 사람들이 모든 위험을 피할 수 있는 완벽한 해결책을 요구할 때마다 그는 다음과 같이 대답했다. "경험이 법칙을 끌어내는 겁니다. 법칙을 잘 안다는 것이 경험을 능가할 수는 없습니다."

오랜 투쟁 끝에 리비에르는 승리를 거두었다. '그의 신념' 때문이라고 말하는 이들도 있고, '그의 고집과 곰처럼 밀고 나가는 힘' 때문이라고 말하는 이들도 있었지만, 리비에르 그 자신은 올바른 방향이기 때문이었다고 간단하게 말했다.

어쨌거나 처음에는 얼마나 신중을 기했던가! 비행기는 동트기 한 시간 전에만 이륙하고, 해가 지고 한 시간 후에만 착륙했다. 리비에르는 경험으로 미루어 확신이 들 때만 비로소 깊은 밤 속으로 우편기들을 떠나보낼 수 있었다. 별로 찬성을 얻지도 못하고, 비난까지 받고 있는 그는 지금도 외로운 투쟁을 계속하고 있었다.

리비에르는 비행중인 우편기들이 보내온 마지막 보고를 알아보기 위해 벨을 눌렀다.

12

그런데 파타고니아 노선의 우편기는 폭풍이 이는 상공에 이르고 있었고, 파비앵은 그 폭풍을 피해가기를 단념했다. 그는 번개의 방향이 그 지방의 안쪽으로 깊숙이 이어지면서 구름의 요새를 드러내 보여주는 것을 보고 폭풍이 미치는 범위가 대단히 넓다고 판단했다. 그는 폭풍의 아래쪽을 지나가 보고 여의치 않으면 되돌아갈 작정이었다.

그는 비행기의 고도를 보았다. 1천7백 미터였다. 그는 고도를 낮추기 위해 핸들을 잡은 손바닥에 힘을 주었다. 엔진이 심하게 진동하고 비행기가 흔들렸다. 파비앵은 어림잡아 하강 각도를 바꾸고 나서 지도에서 산의 높이를 조사해보니 5백 미터였다. 그는 여유 있는 고도를 유지하기 위해 7백 미터로 비행하고 있었다.

그는 막대한 돈을 노름에 걸 듯이 비행기의 고도를 낮추고 있는 것이었다.

난기류에 휘말리면서 기체가 몹시 심하게 흔들렸다. 파비앵은 보이지 않는 것들에게 위협을 받는 느낌이 들었다. 그는 돌아가면 별이 총총한 하늘에 있게 될 거라고 생각했지만, 방향을 바꾸지는 않았다.

파비앵은 자신이 이길 확률을 계산해 보았다. 다음 기항지인 트렐레우에서 구름이 잔뜩 끼여 있다고 알려왔으니 아마도 국지적인 폭풍일 것이다. 기껏해야 20분 정도만 이 시커먼 콘크리트 속에서 버텨내면 될 것이다. 그러면서도 그는 불안했다. 그는 바람이 몰아치는 왼쪽으로 몸을 기울인 채 칠흑 같은 어둠 속에서 희미하게 흐르는 빛이 무엇인지 알아보려고 애를 썼다. 그러나 그건 빛이라고 할 수도 없었다. 짙은 어둠 속에 있는 밀도의 변화였거나, 아니면 눈이 피로해서 보이는 신기루 같은 것이었다.

그는 무선기사가 건네주는 쪽지를 폈다.

"현재 위치가 어디입니까?'

파비앵도 그걸 알기 위해서라면 무엇이든 주었을 것이다. 그는 "나도 모르지. 그저 나침반에 따라 폭풍 속을 통과하는 중이란 것밖에."

그는 다시 몸을 숙였다. 엔진에 달라붙어 있는 배기관의 불꽃 때문에 볼 수가 없었다. 그 불꽃은 달빛만 비춰도 흐려지는 아주 희미한 한 다발의 꽃불 같은 것이지만, 그 암흑 속에서는 시계(視界)를 흡수해버리면서 시력을 빼앗는 불꽃이었다. 그는 그 불꽃을 쳐다봤다. 그 불꽃이 횃불처럼 바람에 나부끼고 있었다.

파비앵은 자이로스코프와 캘러퍼스를 점검하기 위해 30초 간격으로 계기반을 들여다보았다. 그는 이제 더 이상은 오랫동안 눈을 부시게 만드는 그 희미한 적색 램프를 켤 생각조차 못했다. 다행히 라듐으로 숫자를 표시하는 계기들은 별빛 밝기의 빛을 발하고 있었다. 거기, 지침과 숫자들에 둘러싸인 채 조종사는 불확실한 안전을 느끼고 있었다. 그건 물속에 잠긴 선실에서 느끼는 불확실한 안전과도 같은 것이었다. 밤과 그 밤이 품고 있는 암초, 표류물, 언덕 등의 그 모든 장애물이 하나같이 놀라운 운명을 지닌 채 비행기를 스쳐가고 있었다.

"현재 위치가 어디냐구요?" 하고 무선기사가 다시 물었다.

파비앵은 고개를 들고 왼쪽으로 몸을 기울인 채 끔찍한 마음으로 다시 살펴보기 시작했다. 이제는 그 어둠의 굴레에서 벗어나려면 얼마나 시간이 걸릴지, 얼마나 노력해야할지 가늠할 수 없었다. 그는 영원히 거기서 헤어나지 못할 것 같은 생각이 들었다. 그는 실낱같은 희망이라도 가져보려고 수없이 읽고 또 읽어 더러워지고 구겨진 그 쪽지에 자기의 목숨을 걸고 있기 때문이었다. '트렐레우, 구름이 잔뜩 끼었음, 약한 서풍' 이라고 적힌 쪽지였다. 트렐레우의 하늘이 구름으로 완전히 덮인 게 아니라면 그 틈새로 도시의 불빛이 보일 것이다. 그러면 어쩌면…….

멀리서 보이는 희미한 불빛에 의지하며 그는 비행을 계속했다. 그러나 그는 자신이 없기 때문에 '빠져나갈 수 있을지 모르겠네. 돌아가면 어떨지 기상 상태를 알아보게' 라고 갈겨써서 무선기사에게 주었다.

그는 무선기사의 대답에 깜짝 놀랐다.

"코모도로에서 '이곳으로 귀항 불가능. 폭풍' 이라고 알려왔어요."

그는 예사롭지 않은 폭풍이 안데스 산맥을 넘어 대양 쪽으로 방향을 바꾸었음을 감지하기 시작했다. 그렇다면 태풍이 그보다 앞서서 도시들을 휩쓸고 있을 것이다.

"산안토니오의 날씨를 물어보게."

"산안토니오에서는 서풍이 불고 있으며 서쪽에서 폭풍이 일고 있어 하늘은 완전히 구름에 덮였다고 알려왔어요. 산안토니오에서는 잡음 때문에 소리가 영 들리지 않는답니다. 나도 잘 안 들려요. 전파 방해 때문에 안테나를 걷어들여야 할 것 같아요. 돌아갈까요? 어떡하시겠어요?"

"자꾸 묻지 말고 바이아블랑카의 날씨나 물어보게."

"바이아블랑카에서는 20분 이내에 서쪽에서 거센 폭풍이 몰아닥칠 거라고 알려왔어요."

"트렐레우의 날씨를 물어보게."

"트렐레우에서는 폭우를 동반한 허리케인이 초속 30미터로 전진중이라고 알려왔어요."

"부에노스아이레스에 이렇게 연락하게. '사방이 막혀 있고, 폭풍권이 1천 킬로미터에 걸쳐 있어 아무것도 보이지 않음. 어떻게 하면 좋을지 알려주기 바람' 이라고."

조종사에게 있어 이 밤은 어느 항구로도(모든 항구가 접근할 수 없는 것으로 여겨졌다), 새벽으로도 (1시간 40분이면 연료가 바닥날 것이다) 이르게 해주지 않는 속수무책의 밤이었다. 그들은 이제 머지않아 무작정 이 깊은 어둠 속으로 흘러갈 수밖에는 없는 운명에 처해 있는 것이었다.

날이 샐 때까지 버틸 수만 있다면…….

파비앵은 새벽을 생각하고 있었다. 새벽이 마치 그 어려운 밤이 지나고 나면, 파도에 밀려 다다라 있을 황금빛 모래사장이라도 되는 듯이. 위기에 처했던 비행기 아래로 평원이 펼쳐져 있으리라. 평온한 대지는 잠든 농가와 가축과 언덕을 떠받치고 있으리라. 그 어둠 속에 떠돌던 모든 표류물들도 해를 끼치지 않는 것들이 되어 있으리라. 그는 할 수만 있다면 새벽을 향해 헤엄이라도 쳐갈 것이다.

그는 포위되어 있다고 생각했다. 이 깊은 어둠 속에서 좋든 나쁘든 어느 쪽으로든 해결은 날 것이다.

그건 사실이다. 때때로 그는 떠오르는 해를 볼 때면 회복기에 들어서 있다고 생각했었다.

하지만 해가 살고 있는 동쪽을 아무리 뚫어져라 쳐다본들 무슨 소용이 있겠는가. 그와 해 사이에는 너무나도 깊은 밤이 가로놓여 있는데…….

13

"아순시온 노선 우편기는 순항 중이니 두 시경에는 도착하겠지. 하지만 파타고니아 노선 우편기는 난항중이라 많이 지연될 것 같네."

"알겠습니다, 본부장님."

"유럽 노선 우편기를 이륙시키려면 아무래도 파타고니아 노선 우편기를 기다리지 말아야 할 것 같아. 아순시온 노선 비행기가 도착하는 즉시 지시를 받게. 출발 준비를 해놓고."

리비에르는 북부 지방의 비행장들에서 보낸 전신을 다시 읽었다. 유럽 노선 우편기에는 달빛이 환한 항로가 열려 있었다. '맑은 하늘, 보름달, 바람 없음.' 환한 하늘 위로 그 윤곽을 뚜렷이 드러내는 브라질의 산들이 바다의 은빛 파도 속으로 그 검은 숲의 숱진 머리털을 수직으로 담그고 있었다. 그 숲에 달빛이 지칠 줄 모르고 쏟아지고 있건만, 숲은 그 달빛에 물들지 않았다. 바다에 있는 섬들도 표류물처럼 시커먼데, 항로 전체를 밝혀주는 그 달빛은 빛의 샘인 것이다.

리비에르가 출발을 명령하면, 유럽 노선 우편기의 승무원들은 밤새도록 달빛이 은은하게 흐르는 안정된 세계로 들어갈 것이다. 그 어둠의 덩어리와 빛의 균형을 위협할 것이라고 아무것도 없는 세계로 들어가는 것이다. 그 세계에서는 맑은 바람의 어루만짐조차 스며들지 않을 것이다. 그 바람도 점점 강해지기 시작하면 몇 시간 내로 온 하늘을 망쳐놓을 수도 있지만.

그러나 그 환한 달빛 앞에서 리비에르는 흡사 채굴이 금지된 금광 앞에 선 광부처럼 망설이고 있었다. 남쪽에서 일어난 사건들이, 야간 비행을 유일하게 수호하는 리비에르를 불리한 입장에 놓이게 하고 있었다. 파타고니아 노선 우편기에서 일어난 사고를 이용해서 그의 반대파들은 대단히 유리한 입장에 있게 될 것이다. 그렇게 되면 리비에르의 신념이 이제부터는 무력한 것이 될지도 모를 일이었다. 리비에르의 신념은 흔들린 적이 없었기 때문이다. 그의 일에서는 허점만 있으면 언제든 비극적인 사건이 일어날 수 있었다. 그런데 이번에 일어난 사건은 그 허점을 드러내준 것인 만큼 그로서는 어쩔 수 없는 일이었다. '어쩌면 서부 지방에도 관측소를 세울 필요가 있을지 모른다……. 연구해 봐야겠어.' 그는 또 이런 생각도 했다. '야간 비행을 주장하는 확고한 이유에는 변함이 없다. 오히려 사고를 일으킬 수 있는 원인이 하나 줄어든 셈이다. 이 사고의 원인이 분명히 밝혀졌으니까.' 실패는 강자를 더욱 강하게 만든다. 불행한 일은 부하직원들을 걸고 도박을 한다는 것이며, 이 도박에서는 사물의 진정한 의미는 별로 고려되지 않는다는 점이다. 이기거나 지는 것은 표면적인 것일 뿐이니 큰 의미가 없는 것이다. 그런데도 겉으로 드러나는 실패에 의해 인간은 움츠러드는 것이다.

리비에르는 벨을 눌렀다.

"바이아블랑카에서는 아직도 아무런 연락이 없나?"

"없습니다."

"그 비행장에 전화해서 내게 연결하게."

5분 후, 그는 이렇게 물었다.

"왜 아무런 연락도 주지 않는 게요?"

"아무런 연락도 받지 못했습니다."

"교신이 완전히 두절된 게요?"

"모르겠습니다. 뇌우가 너무 심해요. 설사 우편기가 타전했더라도 우리가 듣지 못할 겁니다."

"트렐레우에서는 들린답니까?"

"여기서는 트렐레우와 통신이 안 됩니다."

"전화해 봐요."

"해봤지만 선이 끊겼습니다."

"거기 날씨는 어떻소?"

"아주 나쁩니다. 서쪽과 남쪽 하늘에서 번개가 치고, 아주 무덥습니다."

"바람은?"

"아직은 약하지만 10분 정도 지나면 거세질 것 같습니다. 번개가 점점 가까워지고 있습니다."

잠시 침묵.

"바이아블랑카? 듣고 있소? 알겠소. 10분 후에 다시 전화 주시오."

리비에르는 남부 지역의 비행장들에서 온 전신들을 뒤적였다. 어느 비행장이나 우편기의 무소식을 알리는 것이었다. 몇몇 비행장은 이제 더 이상 부에노스아이레스에 연락을 하지 않고 있었고, 지도에는 통신이 끊긴 지방을 나타내는 표시가 점점 늘어가고 있었다. 태풍이 휩쓸고 간 소도시들에서는 문이란 문은 모두 닫혀 있고, 불빛이라곤 없는 거리의 집들은 흡사 밤바다에서 표류하는 배처럼 세상과 단절되어 있었다. 새벽만이 그 지방들을 구해줄 것이다.

그러나 지도를 들여다보고 있는 리비에르는 맑은 하늘의 대피소를 발견하리란 희망을 버리지 않고 있었다. 그는 서른 군데도 넘는 경찰서에 기상을 묻는 전보를 쳐두었고, 그 답이 이제 오기 시작했던 것이다. 2천 킬로미터 내의 모든 무선국들 중에서 파타고니아 노선 우편기와 연락이 닿는 무선전신국은 30초 이내로 부에노스아이레스로 연락하라는 지시를 받고 있었다. 그러면 부에노스아이레스에서 파비앵에게 대피소의 위치를 알려줄 예정이었다.

새벽 1시에 비상소집을 받은 사무원들이 모여 있었다. 사무실에서 그들은 어쩌면 야간 비행이 중지될지도 모른다느니, 유럽 노선 우편기도 이제는 해가 있을 때에만 이륙하게 될지 모른다느니 하면서 수군거리고 있었다. 그리고는 파비앵과 태풍 그리고 특히 리비에르에 대해 나직한 소리로 속삭였다. 그들은 바로 옆방에서 리비에르가 대자연의 거부 때문에 녹초가 되어 있을 거라고 생각하고 있었다.

그러나 수군거리던 소리가 한순간 뚝 그쳤다. 리비에르가 나타났기 때문이었다. 코트를 입고 모자를 깊숙이 눌러쓴 그는 영원한 나그네의 모습이었다. 그는 과장을 향해 조용히 걸어갔다.

“1시 10분이오. 유럽 노선 우편기의 서류에는 하자가 없겠지?”

“그게…… 제 생각에는…….”

“실행하면 되지 생각할 필요는 없네.”

그는 뒷짐을 진 채 천천히 열린 창 쪽으로 돌아섰다.

한 사무원이 그에게 다가왔다.

“본부장님, 회답을 거의 받지 못할 것 같습니다. 내륙 지방에서도 벌써 전화선이 많이 끊겼답니다…….”

“알았네.”

리비에르는 꼼짝 않은 채 어둠을 응시했다.

이렇듯 들리는 소식이라고는 하나같이 우편기를 위협하는 것뿐이었다. 전화선이 끊기기 전에 도시들이 보낸 소식들은 마치 외적의 침략을 알려주는 듯이 태풍의 전진을 알리는 것들이었다. ‘내륙 지방과 안데스 산맥에서 태풍이 몰려오고 있음. 태풍이 모든 항로를 휩쓸면서 바다 쪽으로 향하고 있음…….’

리비에르는 별들이 너무 반짝이고, 공기가 너무 습하다고 생각했다. 얼마나 이상한밤인가! 밤이 마치 반들거리는 과일의 속살처럼 갑자기 군데군데 썩고 있었다. 부에노스아이레스의 하늘에는 아직도 온갖 별들이 반짝이고 있지만, 그건 한순간의 오아시스에 불과한 것이었다. 더구나 우편기의 영역 밖에 있는 항구일 뿐이었다. 나쁜 바람에 닿는 것마다 썩게 만드는 위협적인 밤이었다. 정복하기 힘든 밤이었다.

어느 하늘에선가 그 깊은 어둠 속에서 비행기 한 대가 위험에 처해 있다. 그런데도 사람들은 그저 무력하게 불안에 떨고만 있는 것이다.

14

파비앵의 아내는 전화를 걸었다.

남편이 돌아오는 밤이면 그녀는 언제나 파타고니아 노선 우편기의 진행 과정을 예상해보곤 했다. '지금쯤 트렐레우를 이륙했을 거야……' 그리고는 다시 잠들었다. 잠시 후, '이제는 산안토니오에 다가가고 있을 거야. 도시의 불빛을 보고 있겠지……' 그래서 그녀는 일어나 커튼을 젖히고 하늘의 상태를 나름대로 평가했다. '저 구름들이 비행기 운행을 방해하고 있어……' 달이 목동처럼 산책을 하는 때도 있었다. 그러면 젊은 아내는 달과 별들, 남편을 둘러싸고 있는 그 수많은 것들에 안심하며 다시 잠자리에 들었다. 그러다 새벽 1시경이 되면 그녀는 남편이 가까이 있는 느낌이 들었다. '이젠 그리 멀지 않은 곳에 있어. 부에노스아이레스를 보고 있을 거야……' 그녀는 다시 일어나 남편을 위해 음식과 뜨거운 커피를 준비했다. '하늘은 굉장히 추울 거야……' 그녀는 남편을 맞을 때마다 마치 눈 덮인 산꼭대기에서 내려온 사람처럼 대했다. "춥지 않아요? -응! 춥진 않소. -그래도 몸을 녹이세요……." 1시 15분 경이면 모든 것이 준비되었다. 그러면 그녀는 전화를 걸곤 했다.

이 밤도 다른 때와 마찬가지로 그녀는 물었다.

"파비앵 씨 착륙하셨나요?"

전화를 받던 사무원이 약간 당황했다.

"누구십니까?"

"시몬 파비앵이에요."

"아, 잠깐 기다리십시오……."

감히 아무 말도 할 수가 없는 사무원은 수화기를 과장에게 넘겼다.

"누구십니까?"

"시몬 파비앵이에요."

"아! 네…… 무슨 일이십니까, 부인?"

"남편이 착륙하셨나요?"

묘한 침묵, 이윽고 그는 간단하게 대답했다.

"아니오."

"연착인가요?"

"네……."

또다시 침묵이 흘렀다.

"네…… 연착입니다."

"아! 그렇군요."

'아!'는 상처를 입은 육체가 내는 소리였다. 연착이란 아무것도 아니다……. 그건 아무것도 아니지만…… 그러나 그 지연이 길어지면…….

"아!……. 그럼 몇 시에나 도착할까요?"

"몇 시에 도착하냐구요? 우리도…… 그건 우리도 모릅니다."

그녀는 벽 같은 것에 부딪친 느낌이 들었다. 그녀는 자신이 묻는 말의 똑같은 메아리만 듣고 있었다.

"부탁이에요, 말해주세요! 남편이 지금 어디에 있죠?……."

"어디 있냐고요? 기다리세요……."

그런 식으로 얼른 대답해 주지 않는 것이 그녀는 마음에 걸렸다. 거기 그 벽 뒤에서 무슨 일인가가 일어나고 있었다.

대답을 해주기로 결심했는지 과장이 말했다.

"19시 30분에 코모도로를 이륙했습니다."

"그 다음에는요?"

"그리고는……. 아주 늦어져서……. 날씨가 나빠서 굉장히 늦어지고 있습니다."

"아! 날씨가 나쁘다고요……."

여기 부에노스아이레스의 하늘에 한가로이 떠 있는 저 달은 얼마나 불공평하고 얼마나 음흉한가! 그녀는 코모도로에서 트렐레우까지 불과 두 시간밖에 안 걸린다는 것이 갑자기 생각났다.

"그렇다면 남편이 무려 여섯 시간 동안이나 트렐레우를 향해 비행하고 있단 말인가요? 하지만 통신은 보내오겠지요! 뭐라고 했어요?"

"뭐라고 했냐고요? 물론 잘 아시겠지만…… 그런 날씨에는…… 통신이 들리지 않아서요."

"날씨가 그렇게 나쁜가요?"

"네. 부인, 소식이 오는 대로 즉시 연락을 드리겠습니다."

“아! 그럼 아무것도 모르고 계시군요……”

“안녕히 계십시오, 부인……”

“아니! 끊지 마세요! 본부장님과 통화하고 싶어요!”

“본부장님은 지금 몹시 바쁘십니다. 부인, 지금 회의중이라서……”

“아! 그건 나하곤 상관없는 일이에요! 전혀 상관없는 일이에요! 본부장님을 바꿔주세요!”

과장은 땀을 닦았다.

“잠깐만 기다리십시오……”

과장이 리비에르의 방문을 밀고 들어갔다.

“파비앵 부인이 통화하시겠답니다.”

리비에르는 생각했다. ‘이게 바로 내가 걱정하던 것이다.’ 이 사건의 감정적 요소들이 나타나기 시작한 것이다. 처음에 그는 기피할 생각을 했다. 어머니들이나 아내들은 수술실에 들이지 않는 게 관례가 아닌가. 위험에 처한 배에서도 감정을 억제해야 하지 않는가. 감정이 앞서면 인명을 구조하는 데 아무런 도움이 되지 못하는 것이다. 그러나 그는 전화를 받기로 했다.

“내 방으로 전화를 연결하게.”

수화기 너머에서 떨고 있는 그 작은 목소리를 들으며 리비에르는 이내 그 부인에게 아무런 대답도 해줄 수 없으리라는 걸 깨달았다. 둘이서 입씨름을 해봤자 아무 소용없는 일인 것이다.

“부인, 제발 진정하세요! 이런 직업에서는 오랫동안 소식이 끊기는 건 흔히 있는 일입니다.”

리비에르는 지금 사적인 고뇌와 관련된 문제가 아니라 그 사업과 관련

된 문제 그 자체에 부딪쳐 있는 것이었다. 그는 파비앵의 아내가 아니라 생의 또 다른 의미와 대립하고 있었다. 그가 할 수 있는 것은 다만 그 가냘픈 목소리, 몹시 애처롭지만 적의에 찬 그 목소리를 들어주고 동정하는 일밖에 없었다. 사업과 개인적 행복은 양립할 수 없고 서로 상충하는 것이기 때문이다. 이 부인 역시 절대적 세계의 이름으로 자신의 의무와 권리에 대해 이야기하고 있는 것이었다. 그녀는 저녁 식탁을 비추는 램프 불빛의 진리, 자기 남자의 육체를 요구하는 육체, 희망과 애정과 추억의 이름으로 이야기하고 있는 것이었다. 자신의 행복을 요구하고 있는 그녀도 옳고, 리비에르 그 자신도 옳았다. 하지만 그는 이 부인이 말하는 현실에 반대하여 내세울 만한 것이 아무것도 없었다. 그는 가정의 검소한 등불 불빛에서 그 자신의 설명할 수 없고 비인간적인 현실을 발견하고 있었다.

"부인……."

그녀는 더 이상 듣고 있지 않았다. 그는 그녀가 연약한 주먹으로 벽을 치다 지쳐 그의 발 밑에 쓰러져 있는 것처럼 느껴졌다.

언젠가 다리를 건설하고 있는 현장에서 부상자를 들여다보고 있을 때, 한 기사가 리비에르에게 다음과 같은 말을 한 적이 있었다. "한 사람의 얼굴을 이 지경으로 만들면서까지 이 다리를 건설할 가치가 있는 걸까요?" 이 길을 이용하는 농부들 중에서 다른 다리로 돌아가는 수고를 덜기 위해 얼굴을 이렇게 끔찍하게 만들어도 좋다고 할 사람은 아무도 없는데도 사람들은 다리를 세운다면서 그 기사는 이렇게 덧붙였다. "공익은 사익들이 모여 이뤄지는 것이니까 아무것도 정당화하지 못합니다." 리비에르는 나중에 속으로 이렇게 대답했었다. "비록 사람의 생명을 값으로 따질 수는 없다 하더라도 우리는 항상 뭔가 인간의 생명보다 더 값진 것이 있는 것처럼 행동한다……. 그런데 그것이 무엇일까?'

리비에르는 위험에 빠진 비행기를 생각하자, 가슴이 메었다. 심지어는 다리를 건설하는 일조차 인간의 행복을 깨뜨린다. 리비에르는 이제 자신이 '무슨 명목으로' 행동하고 있는지 자문하지 않을 수 없었다.

리비에르는 '어쩌면 영원히 사라질지 모를 그 승무원들은 행복하게 살아갈 수도 있었을 텐데' 하고 생각하면서 저녁 등불의 황금빛 성역 안에서 얼굴을 숙이고 있는 두 사람의 얼굴을 떠올렸다. '나는 무슨 명목으로 그 황금빛 성역에서 그들을 빼냈단 말인가? 그는 무슨 명목으로 그들에게서 개인적인 행복을 빼앗았을까? 최상의 법은 그들의 행복을 지켜주는 것이 아닐까? 그런데 그 자신이 그 행복을 깨뜨리고 있는 것이다. 그러나 언젠가는 그 황금빛 성역도 신기루처럼 사라질 것이다. 늙음과 죽음은 리비에르보다 더 무자비하게 그 성역을 깨뜨려버린다. 어쩌면 구해내야 할 뭔가 다른 것, 보다 영속적인 뭔가가 있을지도 모른다. 리비에르가 일하고 있는 건 어쩌면 인간의 그 부분을 구하기 위한 것은 아닐까? 그렇지 않다면 그 행동은 정당화되지 못한다.

'사랑한다는 것, 그저 사랑한다는 것은 막다른 골목이 아닌가! 리비에르는 사랑하는 의무보다 더 큰 힘을 지닌 의무에 대해 숨은 생각을 갖고 있었다. 그것도 애정에 관계되는 일이지만, 아주 다른 애정에 관계되는 일이었다. 그는 한 구절이 생각났다. '문제는 그 애정을 영원하게 만드는 것이다…….' 어디서 읽었던 구절일까? '당신이 추구하는 것은 당신 자신 속에서 소멸된다.' 페루의 고대 잉카족이 태양신을 모셨던 신전이 떠올랐다. 산 위에 똑바로 서 있는 돌기둥들. 그 돌기둥들이 없었다면 오늘날 인류의 양심을 무겁게 짓누르는 경이적인 문명에서 무엇이 남아 있겠는가? 잉카 문명의 지도자는 대체 어떤 무자비함, 아니 어떤 이상한 사랑이라는 미명 아래 백성에게 산꼭대기에 신전을 쌓아올리라고 명하면서 그 문명의 영원성을 세우게 했을까? 리비에르는 다시 한번 저녁이면 야외음악당 주변을 서성거리는 소도시의 군중을 떠올리며 생각했다. '그런 종류의 행복, 그런 겉치레는……'. 고대 민족의 지도자는 아마도 인간의 고통에 대해서는 동정심을 느끼지 않았지만, 인간의 죽음에 대해서는 동정심을 느꼈으리라. 개인의 죽음에 대해서가 아니라 사막에 묻혀버릴 종족의 소멸에 대해서 동정심을 느꼈으리라. 그래서 그 지도자는 사막에 묻혀버리지 못할 돌기둥이나마 세우고자 백성을 끌고 산상으로 갔던 것이다.

15

어쩌면 네 번으로 접은 이 종이쪽지가 자신을 구해줄지 몰랐다. 파비앵은 이를 악물고 그 쪽지를 펴보았다.

"부에노스아이레스와는 통신 불능. 손가락이 감전되어 무전기를 조작할 수조차 없어요."

화가 난 파비앵이 답장을 쓰려고 조종간에서 손을 떼는 순간, 거센 파도에 휩쓸리는 느낌을 받았다. 회오리바람이 5톤 무게의 금속 안에 들어 있는 그를 들어올리고 흔들어대고 있었던 것이다. 그는 답장 쓰기를 단념했다.

그는 다시 조종간을 힘주어 잡고 파도를 잠재웠다.

파비앵은 숨을 깊이 들이마셨다. 만일 뇌우가 두려운 나머지 무선기사가 안테나를 걷어들이기라도 했다면, 파비앵은 착륙하는 즉시 그 얼굴을 묵사발로 만들어버리겠다고 마음먹었다. 무슨 일이 있어도 부에노스아이레스와 연락이 닿아야 했다. 마치 본부에서 1천5백 킬로미터나 떨어진 그 어둠의 심연 속에 빠진 그들에게 한 가닥 밧줄이라도 던져줄 수 있기라도 한 것처럼. 거의 무용하지만 지상이 있음을 증명해 주는 등대와도 같은 여인숙의 불빛, 가물거리는 불빛 하나 없기 때문에 그는 더 이상 존재하지 않는 세상에서 들려오는 단 한 사람의 목소리가 필요했다. 조종사는 뒤에 앉은 무선기사에게 이 비극적인 현실을 알리려고 적색 램프에 대고 주먹을 흔들어 보였지만, 무선기사는 황폐해진 공간, 사라진 도시들과 꺼진 불빛을 내려다보는 데 정신이 팔려 있어서 알아차리지 못했다.

파비앵은 충고가 들려온다면 그것이 무엇이든 다 따랐을 것이다. 그는 이런 생각을 하고 있었다. '만일 누가 나한테 빙빙 돌라고 하면 돌겠다. 곧장 남쪽으로 진행하라고 하면 그대로 따를 것이다……' 달 그림자가 내린 아늑하고 평온한 대지가 어디엔가 존재하고 있을 것이다. 안전한 지상에서 꽃처럼 아름다운 전등 불빛 아래에서 항로를 들여다보고 있는 동료들, 학자처럼 박식한 그 전능한 동료들은 그 평화의 대지를 알고 있을 것이다. 그런데 산사태처럼 엄청나게 빠른 속도로 시커먼 급류를 밀어붙이고 있는 그 어둠과 그 회오리바람 말고 그는 무엇을 알고 있단 말인가? 구름 속의 소용돌이와 불꽃 속에 갇힌 두 사람을 그들은 포기하지 않을 것이다. 그들은 절대 포기하지 않을 것이다. 그들이 파비앵에게 '기수를 240도 방향으로……' 라고 지시한다면 그는 기수를 240도 방향으로 돌릴 것이다. 그런데 그는 혼자였다.

물질까지도 그에게 반항하는 것처럼 여겨졌다. 급강하할 때마다 엔진이 어찌나 심하게 흔들리는지 흡사 비행기 전체가 성이 난 것처럼 흔들렸다. 조종석에서 고개를 푹 숙인 채 파비앵은 자이로 수평기를 들여다보며 비행기를 제압하기에 안간힘을 쓰고 있었다. 천지 창조 때의 암흑 세계처럼 모든 것이 뒤범벅이 된 어둠 속에서 길을 잃은 그는 이제 더 이상 하늘과 대지를 구별할 수 없기 때문이었다. 그리고 위치를 가리키는 계기의 바늘들이 점점 빨리 움직이고 있어 숫자를 파악하기가 어렵게 되었다. 이미 그 지침들에 속은 조종사는 악전고투하다 고도를 잃고 점차로 어둠 속으로 빨려들고 있었다. 그는 고도계의 숫자를 읽었다. '5백 미터.' 그건 언덕의 높이였다. 그는 언덕들이 어지러운 물결을 일으키며 굴러오는 듯한 느낌을 받았다. 아주 작은 덩어리에 부딪쳐도 으스러지고 말 텐데 대지의 모든 산들이, 나사가 풀려 지반에서 떨어져 나온 듯이 그의 주위를 미친 듯이 돌기 시작하더니 심원한 춤을 추면서 그에게 점점 가까이 다가오고 있는 느낌을 받았다.

그는 그걸 피할 수 없는 것으로 받아들였다. 충돌의 위험을 무릅쓰고라도 아무 데나 착륙하는 수밖에 없었다. 그는 언덕에 충돌하지 않기 위해 하나밖에 없는 조명탄을 발사했다. 불붙은 조명탄은 선회하다 평원을 비추다 꺼졌다. 그곳은 바다였다.

그는 재빨리 생각했다. '다 틀렸구나. 40도의 오차를 잡아놓았는데도 편류하고 말았어. 이건 태풍이야. 대체 육지는 어디에 있는 걸까? 그는 정서(正西) 방향으로 선회했다. 그리고는 생각했다. '이젠 조명탄도 없으니 끝장났어.' 언제고 한번은 일어날 일이었다. 뒤에 앉은 동료……. '그는 안테나를 걷어버린 게 틀림없어.' 하지만 조종사는 이제 그를 원망하지 않았다. 조종사가 두 손을 놓았다하면 그들의 목숨은 즉시 한낱 먼지처럼 사라져버릴 것이다. 동료와 자신의 고동치는 심장이 그의 두 손에 달려 있는 것이었다. 갑자기 그는 자신의 두 손이 무서워졌다.

사나운 숫양처럼 휘몰아쳐 오는 회오리바람 속에서 심하게 흔들리는 조종간의 진동을 줄이기 위해 그는 온힘을 다해 핸들을 움켜잡고 꼭 달라붙었다. 그렇게 하지 않았다면 그 진동 때문에 조종간의 전선이 끊어졌을 것이다. 그는 여전히 핸들을 움켜잡고 있었다. 그런데 너무 힘껏 쥐고 있었던 탓인지 손에 아무런 감각이 없었다. 그는 손가락들을 움직여 보려 했지만 손이 말을 듣는지 안 듣는지조차 알 수가 없었다. 두 팔 끝에 뭔가 이상한 것이 달려 있었다. 느껴지지도 않고 힘도 없는 얇은 막 같은 것. 그는 생각했다. '내가 힘껏 잡고 있다는 생각만 하면 되는 거야…….' 그는 생각이 손끝으로 전달되는지 그것도 알 수 없었다. 그는 어깨 통증만으로 핸들의 진동을 느끼고 있었기 때문에 '내 손에서 핸들이 빠져나갈 거야. 내 손이 펴질 거야' 하고 생각했다. 하지만 그는 감히 그런 생각을 했다는 것조차 무서웠다. 이번에는 알 수 없는 힘에 복종하는 두 손이 천천히 펴지면서 그를 어둠 속으로 놓아버리는 것처럼 느껴졌기 때문이었다.

아직은 싸우면서 운을 시험해 볼 수 있었다. 불운은 외부에서 오는 것이 아니라 내면에 있는 것이다. 인간에게는 자신이 약하다는 걸 깨닫는 순간이 오기 마련인데, 그때 정신이 아뜩해질 정도로 여러 가지 과오를 범하게 된다.

그런데 바로 그 순간에 폭풍의 틈새로 흡사 덫으로 유인하는 죽음의 미끼처럼 그의 머리 위에서 별 몇 개가 반짝였다.

그는 그것이 함정이라는 걸 알았다. 어떤 구멍 속에서 보이는 별 세 개를 향해 일단 올라가고 나면 그 별들에 걸려들어 다시는 내려오지 못하고 거기서 영원히 머물게 되는 함정……

하지만 빛에 대한 갈망이 너무나 커서 그는 그만 올라가고 말았다.

16

파비앵은 별들이 주는 지표 덕분에 용케 회오리바람을 피하면서 올라갔다. 그 희미한 별빛이 자석처럼 그를 끌어당기고 있었다. 불빛을 찾으려고 오랫동안 고생을 했기 때문에 이제 그는 아무리 희미한 빛이라도 놓치지 않을 생각이었다. 여인숙의 어렴풋한 불빛에도 뿌듯한 마음이 되는 그로서는 그토록 갈망하던 그 빛 주위를 죽을 때까지라도 돌고 싶은 심정이었다. 그래서 그는 빛의 광장을 향해 올라가고 있었다.

파비앵은 나선을 그리며 열려 있는 우물 속으로 서서히 올라갔는데, 비행기가 오르고 나면 우물이 다시 닫히고 있었다. 그리고 그가 올라감에 따라 그 진창 같은 그림자는 사라지고 구름이 점점 더 맑고 흰 파도처럼 스쳐지나갔다. 파비앵은 구름 사이로 떠올랐다.

그는 깜짝 놀랐다. 어찌나 밝은지 눈이 부실 지경이었기 때문이다. 그는 잠시 눈을 감아야 했다. 밤하늘의 구름이 그토록 눈부시리라고는 일

찍이 상상조차 못했던 일이었다. 보름달과 모든 별자리들이 구름을 찬란하게 빛나는 파도로 만들어 놓았던 것이다.

구름 사이로 떠오르던 바로 그 순간에 비행기는 단번에 믿을 수 없는 평온을 되찾고 있었다. 비행기를 기울게 하는 파도 하나 없었다. 방파제를 뛰어넘는 배처럼 그는 예정되어 있던 물 속으로 들어가고 있었다. 만(灣)의 행복한 섬들처럼 숨어 있는 하늘의 한 부분, 미지의 하늘에 들어서 있는 것이었다. 비행기 아래에서는 돌풍과 폭우와 번개를 동반한 폭풍이 3천 미터의 두께의 딴 세상을 형성하고 있지만, 수정과 눈[雪]으로 만들어진 것 같은 폭풍의 얼굴은 천체를 향하고 있었다.

파비앵은 이상한 세계에 들어선 것이라고 생각했다. 그의 손과 옷, 비행기 날개 등 모든 것이 빛을 발하고 있기 때문이었다. 게다가 그 빛은 천체에서 내려오는 것이 아니라 그의 아래쪽과 주위에 있는 하얀 구름에서 발산되기 때문이었다.

아래쪽에 있는 구름은 달에서 받은 눈처럼 흰빛을 반사하고 있었다. 좌우에 탑처럼 우뚝우뚝 솟은 구름도 마찬가지였다. 비행기는 우윳빛에 싸여 있었다. 파비앵이 돌아보니 무선기사가 미소를 짓고 있었다.

"이젠 됐어요!" 하고 그가 외쳤다.

하지만 그의 목소리가 굉음을 내는 엔진 소리 속에 묻혔기 때문에 그들은 그저 미소만 교환할 뿐이었다. 파비앵은 속으로 이렇게 말했다. '이런 상황에서 내가 미소를 짓다니 제정신이 아니군. 우린 이제 끝장났는데 말야.'

이제까지 붙잡아주고 있던 수천 개의 암흑의 팔이 그를 놓아버린 것이었다. 한동안 꽃밭을 자유롭게 걸을 수 있는 죄수처럼 그를 결박했던 줄이 풀려져 있었다.

'정말 아름답군' 하고 파비앵은 생각했다. 그는 그 자신과 무선기사 외에 살아 있는 것이라곤 아무것도 없는, 그 외의 다른 것이라곤 아무것도 없는 세계에서 보물처럼 밀집되어 있는 별들 사이를 떠돌고 있었다. 그들은 다시는 나올 수 없는 보물의 방에 갇혀버린 전설 속의 도둑과 같은 신세였다. 그들은 차디찬 보석들 속에서 엄청난 부자가 되었지만, 사형 선고를 받은 몸으로 떠돌고 있는 것이었다.

17

　파타고니아 노선의 기항지인 코모도로리바다비아의 무선기사들 중 한 사람이 갑자기 손짓을 하자, 그 방에서 무력하게 철야근무를 하고 있던 직원들이 모두 모여들었다.

　그들은 불빛이 환하게 비추고 있는 백지를 내려다보고 있었다. 아직은 무선기사의 손이 머뭇거리고 있고, 연필은 흔들리고 있었다. 무선기사의 손은 여전히 문자들을 붙잡고 있지만, 손가락들은 이미 떨리고 있었다.

　"폭풍인가?"

　무선기사는 '그렇다' 는 표시로 고개를 끄덕였다. 폭풍 때문에 생기는 잡음 때문에 그는 알아들을 수가 없었다.

　잠시 후, 그는 읽어내기 어려운 부호들을 받아 적고 나서 단어들로 바꾸었다. 이제 사람들은 문장으로 읽을 수 있었다.

　'폭풍권 위의 3천8백 미터 상공에 갇혔음. 해상 쪽으로 벗어났기 때문에 내륙을 향해 정서 방향으로 비행중. 아래쪽은 완전히 봉쇄되었음. 여전히 해상을 비행중인지도 모름. 폭풍권이 내륙까지 확대되었는지 알려주기 바람.'

뇌우 때문에 그 전신을 부에노스아이레스까지 보내려면 여러 무선전신국을 거쳐야 했다. 그 전신은 이 탑에서 저 탑으로 밝히는 봉화처럼 밤 속을 전진했다.

부에노스아이레스에서는 다음과 같은 전신을 보내라고 지시했다.

'내륙 전체가 폭풍권. 연료는 얼마나 남았나?

'반 시간 정도 비행할 수 있음.'

이 전신은 다시 여러 무선전신국에서 철야근무를 하는 무선기사들을 통해 부에노스아이레스로 전달되었다.

그 비행기의 승무원들은 30분 이내에 태풍 속으로 빨려 들어가 지상으로 내동댕이쳐질 운명에 놓여 있었다.

18

리비에르는 깊은 생각에 잠겨 있었다. 이제는 희망을 가질 수 없었다. 그 승무원들은 이 깊은 밤 속 어디인가에 빠져 익사하리라.

리비에르는 어릴 적에 엄청난 충격을 받았던 장면을 떠올렸다. 시체를 찾아내려고 못의 물을 모두 빼냈었다. 이번에도 대지에서 밤의 덩어리가 흘러가 버리기 전에는, 날이 새어 모래사장과 평원과 밀밭이 다시 모습을 드러내기 전에는 우리는 아무것도 발견하지 못하리라. 어쩌면 순박한 농부들이, 평화로운 초원과 황금빛 모래사장을 배경으로 팔베개를 하고 잠든 것 같은 그 두 사람을 발견할지도 모른다. 하지만 그들은 밤에 빠져 익사한 사람들이다.

리비에르는 전설의 바다 속처럼 깊은 밤 속에 묻힌 보물들을 생각했다……. 아직은 쓸모 없는 꽃, 그 꽃들을 잔뜩 달고 날이 밝기를 기다리는 밤의 사과나무들. 향기며 잠든 어린 양들이며 아직 색을 갖지 못한 꽃들이 가득한 밤은 풍요롭다.

비옥한 밭이며 이슬에 젖은 숲이며 싱그러운 개자리풀이 조금씩 해를 향해 피어오를 것이다. 그러나 이제는 공격적이지 않은 언덕들과 초원과 양떼들, 그리고 우주의 지혜 속에 누운 그 두 사람은 잠을 자고 있는 것처럼 보일 것이다. 무엇인가가 보이는 세계에서 보이지 않는 세계로 흘러가 버렸을 것이다.

리비에르는 파비앵의 아내가 걱정이 많고 온화한 성격이라는 걸 알고 있었다. 그 사랑은 가난한 아이에게 빌려주는 장난감처럼 그녀에게 잠시 빌려주었던 것에 지나지 않는 것이다.

리비에르는 아직 몇 분 동안은 조종간에 운명을 맡기고 비행하고 있을 파비앵의 손을 생각했다. 애무를 했던 그 손. 신의 손처럼 어느 가슴에 놓여져서 그 가슴을 실레게 했던 그 손. 어느 얼굴에 놓여져서 그 얼굴의 표정을 변하게 했던 그 손. 기적을 이루던 그 손을 생각했다.

파비앵은 이 밤의 찬란한 구름바다 상공에서 떠돌고 있지만, 더 밑으로 내려가면 영원의 세계가 있다. 그는 홀로 살고 있는 별자리들 속에서 길을 잃고 헤매고 있는 것이다. 아직은 두 손으로 세상을 붙잡은 채 가슴에 대고 세상의 균형을 잡고 있다. 그는 핸들을 쥔 손에 인간적인 부의 무게를 실은 채 돌려주어야 할 쓸데없는 보물을 이 별에서 저 별로 절망적으로 끌고 다니고 있다……

리비에르는 무선전신국들 중 어느 한 곳에서는 아직은 파비앵의 목소리를 듣고 있을 거라고 생각했다. 파비앵과 세상을 연결시켜 주는 것은 오직 단조(短調)의 음파밖에 없다. 신음소리도 비명소리도 없다. 하지만 그건 절망이 만들어냈던 가장 순수한 음(音)이다.

19

로비노가 그를 고독한 생각에서 벗어나게 했다.

"본부장님, 제 생각에는…… 이렇게 해보는 게 어떨까 하는데요……."

사실 로비노는 제안할 것이 없었지만, 그런 말이라도 하는 것으로 성의를 표시하려는 것이었다. 해결책을 찾고 싶은 마음이 간절해서 그는 수수께끼의 해답을 찾듯이 궁리하고 있었다. 하지만 리비에르는 그가 찾아내는 해결책을 이제껏 한 번도 귀담아 들어준 적이 없었다. "이봐요, 로비노, 인생에는 해결책이란 없는 거요. 전진하는 힘이 있을 뿐이니, 그 힘을 창조해내야 합니다. 그러면 해결책은 저절로 나오는 겁니다." 그래서 로비노는 자신의 역할을 정비사들 속에서 전진하는 힘을 창조하는 일에 만족하고 있었다. 전진하는 힘이라고는 고작 프로펠러 축에 녹이 스는 걸 막는 정도에 불과하지만.

그런데 이 밤의 사건은 로비노를 무력하게 만들고 있었다. 감독관이란 직책은 폭풍이나 유령이나 다름없는 승무원들에게 아무것도 해줄 수가 없었다. 그 승무원들은 이제 더 이상은 정근 수당을 받기 위해서가 아니라, 로비노의 처벌을 무력하게 만드는, 오직 죽음이라는 처벌을 면하려고 사투를 벌이고 있는 것이었다.

이제 아무런 쓸모가 없는 로비노는 할 일 없이 그저 사무실들을 들락거리고 있었다.

파비앵의 아내가 면회를 청했다. 불안에 사로잡힌 그녀는 사무실에서 리비에르가 만나주기를 기다리고 있었다. 사무원들이 슬그머니 그녀의 얼굴을 쳐다보고 있었다. 그 때문에 그녀는 수치심을 느꼈고, 겁먹은 얼굴로 주위를 둘러보았다. 거기 있는 모든 것이 그녀를 거부하고 있었다. 마치 시체를 밟고 지나가기라도 하듯이 머뭇거리며 일을 계속하고 있는 사람들도 그랬고, 인간의 목숨이나 고통이 무정한 숫자들의 잔재로만 남는 그 서류들도 그랬다. 그녀는 파비앵에 대해 말해주는 것이 있는지 찾아보았다. 그녀의 집에서는 침대, 커피, 꽃다발…… 등 모든 것이 남편의 부재를 말하고 있었다. 그러나 그 사무실에서 그녀는 아무것도 발견하지 못했다. 모든 것이 동정이나 우정이나 추억과는 대조를 이루고 있었다. 그녀 앞에서는 큰 소리로 말하는 사람이 아무도 없었기 때문에 그녀가 알아들은 말이라고는 한 직원이 견적서를 달라고 고함치는 소리밖에 없었다. "……제기랄! 산투스로 발송할 발전기들의 견적서 말이야!" 그녀는 깜짝 놀란 표정으로 그 남자를 쳐다봤다. 그러다가 벽에 걸린 지도에 눈길이 머물렀다. 그녀의 입술이 약간 떨리고 있었다.

그녀는 이곳에서는 자신이 불편한 존재라는 느낌을 받으면서 거북해

졌다. 사무실을 찾아온 걸 후회하면서 어디론가 숨어버리고 싶은 그녀는
사람들의 시선을 끌지 않으려고 기침이 나도 눈물이 나도 참고 있었다.
그녀는 엉뚱하고 무례하게도 벌거벗은 몸으로 있어서는 안 될 곳에 와
있는 것같이 느껴졌다. 그런데도 결연해 보이는 그녀의 본질을 파악하려
고 슬쩍슬쩍 쳐다보는 눈길이 그치지 않고 있었다. 그녀는 아름다웠다.
그녀는 남자들에게 침범할 수 없는 행복한 세계를 보여주고 있었다. 그
리고 사람들이 자기도 모르는 사이에 하는 행동이 얼마나 심각한 문제를
일으키게 하는지를 보여주고 있었다. 그 많은 시선이 거북해서 그녀는
두 눈을 감았다. 그녀는 사람들이 자기도 모르는 사이에 얼마나 평온한
마음을 깨뜨릴 수 있는지를 보여주고 있었다.

리비에르가 그녀를 맞아들였다.

그녀가 온 목적은 자신이 준비해 놓은 꽃과 커피와 그녀 자신의 젊은
육체에 대해 수줍게 호소하기 위해서였다. 더욱 냉랭하게 느껴지는 사무
실에서 그녀의 입술이 또다시 떨렸다. 그녀도 그 완전히 다른 세계에서
는 자신의 속마음을 설명하기가 어렵다는 것을 알아차렸다. 격렬한 사랑
이었기 때문에 거의 야성적이라고 할 수 있는 그녀의 사랑과 열성이 거
기서는 성가시고 이기적인 모습을 띠고 있는 듯이 느껴졌다. 그녀는 도
망이라도 치고 싶은 심정이었다.

"방해를 해서 죄송하지만……."

"방해라니요, 그렇지는 않습니다. 부인이나 저나 기다리는 것밖에는
달리 어쩔 수가 없다는 것이 유감스러울 따름입니다."

그녀가 어깨를 약간 으쓱했는데, 리비에르는 그 의미를 알아차렸다.
그 몸짓에는 '집으로 돌아가면 보게 될 그 램프, 준비해 놓은 저녁식사와

꽃들이 다 무슨 소용이 있겠어요……' 라는 의미가 담겨 있었다. 언젠가 젊은 어머니가 리비에르에게 이런 고백을 한 적이 있었다. "내 자식의 죽음을 아직도 이해할 수가 없어요. 정말 힘든 건 오히려 아주 사소한 것들이에요. 우연히 보게 되는 그 아이의 옷가지, 한밤중에 잠이 깰 때마다 솟구치는 그리움, 이제는 나의 젖만큼이나 쓸모가 없어진 애정……." 파비앵의 죽음으로 인해 내일부터는 이 부인에게도 모든 행위와 모든 물건이 의미를 잃기 시작할 것이다. 파비앵이라는 존재는 그 집에서 서서히 사라질 것이다. 리비에르는 마음속에서 우러나는 동정심을 내색하지 않고 있었다.

"부인……."

그 젊은 부인은 자신이 리비에르에게 어떤 힘을 행사했는지 알지 못한 채 거의 겸손한 미소를 지으며 사무실을 나갔다.

리비에르는 무거운 마음으로 의자에 앉았다.

'하지만 그 부인은 내가 찾고 있던 것을 발견하게 해주었어…….'

그는 북부지역의 비행장들에서 보낸 재해방지책 전신들을 건성으로 만지작거리고 있었다. 그는 이런 생각을 하고 있었다.

'영원히 살기를 바라는 것이 아니라고 해서 우리가 하는 행동이나 사물마저 갑자기 그 의미를 상실했다고 생각할 필요는 없다. 그렇게 생각하면 우리를 둘러싸고 있는 것들이 그저 허망하게만 보일 테니까…….'

그의 눈길이 전신들에 머물렀다.

'이제는 의미를 상실해 버린 이 보고들……. 이런 것들을 거쳐서 우리에게 죽음이 스며드는 것이다.'

그는 로비노를 쳐다봤다. 지금 같은 경우에는 아무런 쓸모가 없는 저

무능한 남자는 이제 더 이상 의미가 없는 사람이다. 리비에르는 그에게
엄하게 말했다.

"내가 무슨 일을 할지 일일이 일러주어야겠소?"

그러고 나서 리비에르는 사무원들이 있는 방으로 통하는 문을 열었다.
파비앵 부인은 알아보지 못했지만, 그 조종사의 실종을 분명하게 알려주
는 표시에 충격을 받았다. 파비앵이 몰던 비행기 R.B. 903의 카드가 게시
판의 비행 불능 난에 꽂혀 있었다. 유럽 노선 우편기의 서류를 준비하던
사무원들은 출발이 늦어지리라는 것을 알고는 일을 대충대충 하고 있었
다. 비행장에서는 할 일도 없이 대기하고 있는 승무원들에게 어떤 지시
를 내려야 할지 전화로 물어오고 있었다. 활동력이 약화되고 있었다. '죽
음이란 게 이런 거로구나!' 하고 리비에르는 생각했다. 그의 사업은 이제
바람이 없는 바다에서 고장난 범선과도 같았다.

그는 로비노의 목소리를 들었다.

"본부장님……, 그 부부는 결혼한 지 여섯 주밖에 안 되었습니다……."

"가서 일이나 하시오."

리비에르는 사무원들을 둘러보다가 잡역부들, 정비사들, 조종사들 등
신념을 갖고 자신의 사업을 도와주었던 모든 이들을 떠올렸다. 그는 '섬
들'에 대해 하는 얘기를 듣고 배를 만들었다던 그 옛날의 작은 도시들을
생각했다. 그 배에 희망을 싣기 위해, 그들의 희망이 바다에서 돛을 펼치
는 걸 사람들에게 보여주기 위해서였다. 한 척의 배로 인해 모든 이들이
한층 성장하고, 그 자신에서 벗어나 자유로워졌던 것이다. '어쩌면 목적
은 아무것도 정당화하지 못할지 모르지만, 행동은 죽음에서 해방시켜준

다. 그 배로 인해 그들은 오래도록 살아 있는 것이다.'

그 전신들에 의미를 주고, 밤샘을 하는 직원들에게 위험성을 인식시키고, 조종사들에게 비장한 목표를 부여할 때에 비로소 리비에르도 그 죽음에 대항해 싸우는 것이 되는 것이다. 바람이 바다에서 범선을 다시 달리게 하듯이 활기가 그 사업을 되살릴 때, 비로소 그도 죽음에 대항해 싸우는 것이 되는 것이다.

20

코모도로리바다비아에는 이제 아무 소리도 들리지 않았다. 그러나 20분 후, 거기서 1천 킬로미터 떨어진 바이아블랑카에서는 두 번째 전신을 받았다.

"하강함. 구름 속으로 들어감……."

그러고 나서 트렐레우의 무선전신국에 분명치 않은 문장 중에서 두 마디가 나타났다.

"…… 아무것도 안 보임……."

단파란 그렇게 저쪽에서는 들리는데 이쪽에서는 들리지 않는 것이다. 그러다 이유도 없이 모든 게 일변해 버린다. 그 위치조차 알 수 없는 그 승무원들은 공간과 시간을 초월해서 살아 있는 사람들에게 존재를 알리고 있는데, 무선전신국의 백지에 쓰여지는 것은 이미 유령이 된 이들이 보내는 글자가 되는 것이다.

연료가 다 떨어졌던가, 아니면 조종사가 연료 부족에 의한 기관 정지 직전에 불시 착륙을 시도하는 마지막 카드를 던진 것일까?

부에노스아이레스에서 트렐레우에 지시했다.

"어떻게 된 건지 물어볼 것."

무선전신국의 수신소는 실험실과 비슷했다. 니켈, 구리와 압력계, 뒤얽혀 있는 전선들. 흰 작업복을 입고 철야근무를 하는 무선기사들은 무슨 간단한 실험이나 하는 듯 묵묵히 들여다보고 있었다.

그들은 세심한 손가락으로 기계를 만지면서 금광을 찾는 사람들처럼 자기(磁氣)를 띤 하늘을 수색했다.

"아직 회신이 없는가?"

"없습니다."

승무원들이 살아 있다는 표시가 될 음파가 어쩌면 잡힐지도 모른다. 비행기와 표지등이 별들 사이로 다시 올라간다면, 그들은 어쩌면 별들의 노래를 들을 것이다…….

몇 초가 흘렀다. 시간이 피처럼 흘러가고 있었다. 아직도 비행은 계속되고 있는 걸까? 시간이 지날수록 가능성이 사라지고 있다. 흐르는 시간이 모든 희망을 무산시키는 것처럼 느껴졌다. 20세기가 흐르는 동안 신전을 풍화하는 시간이 그 화강암 속에 기반을 굳히고 신전을 먼지로 날려버리는 것처럼 이제는 그 수세기 동안에 축적된 파괴의 힘이 승무원들을 위협하고 있다.

1초 1초가 흐르는 사이에 무언가가 사라지고 있다.

파비앵의 그 목소리, 파비앵의 그 웃음, 그 미소가 사라지고 있다. 침묵이 우세해지고 있다. 그 승무원들에게 자리를 잡은 침묵이 바다의 무게만큼이나 점점 더 무거워지고 있었다.

그때 누군가가 이렇게 주의를 환기시켰다.

"1시간 40분, 연료가 떨어졌어. 아직도 비행한다는 건 불가능한 일이야."

그리고는 조용해졌다.

여행을 끝냈을 때처럼 무언가 쓸쓸하고 맥이 빠지는 느낌이 입으로 올라왔다. 무엇인지 알 수 없는 일, 낙담케 하는 무슨 일이 일어난 것이다. 니켈과 전선이 얽혀 있는 수신소에서 사람들은 폐허가 된 공장에 떠도는 것과 똑같은 서글픔을 느꼈다. 그 모든 자재들이 죽은 나뭇가지처럼 성가시고 쓸모도 없는 무용지물이 된 것처럼 느껴졌다.

이제는 날이 새기를 기다리는 수밖에 없다.

몇 시간 후면 아르헨티나 전국을 밝힐 해가 떠오를 것이다. 그래도 그들은 모래톱에 서서 무엇이 걸려 있을지 모른 채 천천히 끌어올리는 그물을 기다리는 심정으로 거기 그대로 남아 있을 것이다.

리비에르는 사무실 안에서 참담한 재난을 겪은 후에 불운에서 벗어난 인간이 가질 수 있는, 긴장이 풀리는 느낌을 맛보고 있었다. 그는 전 경찰에 긴급사태를 알려놓았었다. 그 이상은 아무것도 할 수가 없었다. 그저 기다리는 것밖에는.

그러나 초상집에서도 질서는 유지되어야 한다. 리비에르는 로비노에게 손짓을 했다.

"북부지역 비행장들에 이렇게 전신을 보내시오. '파타고니아 노선 우편기는 상당히 연착할 것으로 예상됨. 유럽 노선 우편기의 출발을 너무 지연시키지 않기 위해 파타고니아의 우편물은 다음 우편기 편에 보낼 것임.'"

그는 몸을 약간 앞으로 숙였다. 그리고는 뭔가를 기억해내려고 애를 썼다. '중요한 일이었는데, 아! 맞아.' 그는 또 잊어버릴까봐 감독관을 불렀다.

"로비노."

"네, 본부장님."

"조종사들에게 엔진을 1천9백 회 이상 회전을 금한다는 문서를 작성하시오. 그러면 엔진이 망가지니까 말이오."

"알겠습니다. 본부장님."

리비에르는 좀더 몸을 숙였다. 이제 그는 정말 혼자 있고 싶었다.

"로비노, 그만 나가봐요. 이보게, 그만 나가보라고……."

로비노는 그처럼 암담한 일을 당하고도 변함없는 본부장의 태도에 그만 질려버렸다.

21

이제 로비노는 우울한 기분으로 사무실들을 돌아다녔다. 2시에 떠날 예정이던 우편기의 출발이 연기되고 날이 새기를 기다렸다 떠나게 되었으니, 그건 회사의 생명이 정지해버린 것이나 다름없었다. 직원들은 무표정한 얼굴로 아직도 철야근무를 하고 있지만, 그 밤샘은 헛된 노력이었다. 아직도 북부지역의 비행장들에서는 재해방지책 전신들을 일정한 간격을 두고 보내오고 있지만, '맑은 하늘'이니 '보름달'이니 '바람 없음'이니 하는 따위의 기상 내용은 불모의 왕국을 연상시킬 뿐이었다. 달빛과 돌뿐인 사막. 로비노가 별다른 이유 없이 무심코 과장이 일하던 서류를 뒤적이자, 과장이 좀 건방진 태도로 버티고 서서 서류를 돌려주기를 기다리고 있었는데, 그 표정에 '이제 그만 돌려주셔야 하는 거 아닙니까? 그건 제 소관이니까……'라는 뜻이 담겨 있었다. 하급자의 그런 태도에 기분은 상했지만, 그는 마땅히 대꾸할 만한 말이 생각나지 않아 화가

난 얼굴로 그 서류를 내밀었다. 과장은 거들먹거리면서 돌아가서 앉았다. '저자를 해고해 버려야 했어' 하고 로비노는 생각했다. 그리고는 마음을 다스리기 위해 이번의 참사를 생각하며 몇 걸음을 걷다가 이 일로 인해 지금까지의 방침에 변화가 있을 거라고 생각하니 로비노는 더더욱 비탄에 빠졌다.

그러다 자기 방에 들어박혀 있는 리비에르의 모습이 떠올랐다. 리비에르는 조금 전에 그를 '이보게……' 하고 친숙하게 불러주었다. 그 정도로 그는 기댈 데가 없는 외로운 사람이었다. 로비노는 그에게 동정심을 느꼈다. 그는 표시를 내지 않고 리비에르를 동정하고 위로해줄 만한 말을 이것저것 궁리해보았다. 지금 자신의 가슴속에서 우러나는 감정에 따라 움직이기로 하고 그는 문을 조그맣게 두드렸다. 대답이 없었다. 그 침묵에 더 크게 문을 두드릴 용기가 나지 않아서 그는 문을 밀고 들어갔다. 리비에르는 거기 있었다. 로비노가 스스럼없이 지내는 친구치럼, 패전한 전쟁터에서 총알이 빗발치는 속을 뚫고 부상당한 장군을 구해낸 뒤로 의형제를 맺은 중사라도 되는 심정으로 리비에르의 방에 들어가기는 처음이었다. 로비노는 '무슨 일이 일어나든 나는 당신의 편입니다' 하고 말하고 싶은 심정이었다.

리비에르는 고개를 떨군 채 자기의 두 손을 쳐다보고 있을 뿐 입을 다물고 있었다. 로비노는 그의 앞에 섰지만 감히 말을 건넬 수가 없었다. 기가 죽은 사자인데도 리비에르 앞에서 그는 여전히 위축되었다. 로비노는 점점 더 충성을 보일 말을 준비하고 있었지만, 쳐다볼 때마다 푹 숙이고 있는 머리, 반백의 머리털, 너무나 쓰라린 고통 때문에 꾹 다물고 있는 입술과 마주칠 뿐이었다. 마침내 그는 결심했다.

"본부장님……."

리비에르가 고개를 들고 쳐다봤다. 리비에르는 어찌나 깊고 아득한 몽상에서 깨어났던지 아직은 로비노의 존재를 알아보지 못하는 것 같았다. 그리고 그가 어떤 생각에 잠겨 있었는지, 무얼 느꼈는지, 어떤 슬픔에 빠져 있었는지는 알 길이 없었다. 리비에르는 로비노가 무슨 일의 산증인이라도 되는 듯이 오랫동안 쳐다봤다. 로비노는 거북했다. 리비에르가 로비노를 쳐다보면 볼수록 로비노의 입이 야릇하게 일그러졌다. 리비에르가 로비노를 쳐다보면 볼수록 로비노의 얼굴이 빨개졌다. 리비에르에게는 로비노가 눈물겨운 호의와 불행히도 충동에 이끌려 어리석은 면을 보이려고 온 사람처럼 생각되었다.

로비노는 당황했다. 중사도, 장군도, 빗발치는 총알도 통하지 않게 된 것이었다. 도저히 설명할 수 없는 일이 일어나고 있었다. 리비에르는 여전히 그를 쳐다보고 있었다. 그러자 로비노는 자기도 모르는 사이에 자세를 바로 하고 왼쪽 호주머니에 찔러 넣고 있던 손을 뺐다. 리비에르는 여전히 그를 쳐다보고 있었다. 마침내 너무 멋쩍은 나머지 로비노는 무심코 이런 말을 하고 말았다.

"지시를 받으러 왔습니다."

리비에르는 시계를 꺼내 보고는 간단하게 말했다.

"2시로군. 아순시온 노선 우편기가 2시 10분에 착륙할 것이오. 2시 15분에 유럽 노선 우편기를 이륙시키시오."

로비노는 야간 비행을 중지하지 않는다는 놀라운 소식을 전했다. 그리고 그는 과장에게 말했다.

"검토할 게 있으니까 아까 그 서류를 가져오시오."

과장이 오자, 로비노는 다시 말을 이었다.

"기다리시오."

그래서 과장은 기다렸다.

22

아순시온 노선 우편기가 곧 착륙한다고 알려 왔다.

최악을 사태를 맞은 상태에서도 리비에르는 전신들을 일일이 들춰보며 그 비행기의 순조로운 비행을 검토해 보았다. 그런 혼란을 겪고 있는 와중에서는 그것만이 신념에 대한 보답이고 신념을 보여주는 것이었다. 전신들을 통해 보고된 순조로운 비행은 또 다른 비행에 좋은 참고가 되는 것이었다. 리비에르는 이런 생각을 하고 있었다. '태풍은 매일 밤 있는 게 아니다. 일단 한번 길을 닦아놓으면 그 길을 따라가지 않을 수 없는 것이다.'

나지막한 집들과 완만하게 흐르는 강물이 어우러진 아름다운 꽃동산에서 내려오듯, 파라과이에서 여러 비행장을 거쳐오는 그 비행기는 별빛 하나 흐리게 하지 않는 태풍권 밖에서 날아오고 있었다. 담요를 두른 9명의 승객들은 보석이 가득한 진열장 같은 창문에 이마를 대고 있었다. 이미 밤이 된 아르헨티나의 소도시들, 비행기 아래 펼쳐진 그 별들의 도시들에서 금빛 불빛이 하나 둘 이어지고 있기 때문이었다. 귀중한 인명을 책임지고 있는 조종사는 염소지기처럼 달빛에 물든 두 눈을 크게 뜨고 있었다. 부에노스아이레스의 지평선은 이미 장밋빛으로 물들어 있었고, 이제 곧 그 도시의 모든 보석들이 전설 속의 보물처럼 반짝일 것이다. 무선기사는 하늘에서 즐겁게 치는 소나타의 피날레처럼 마지막 전신을 쳐 보냈고, 리비에르는 그 노래의 뜻을 이해했다. 무선기사는 안테나를 걷어들이고 나서 기지개를 켜며 하품을 하고는 미소를 지었다. 이제 착륙한 것이다.

이제 막 도착한 조종사는 유럽 노선 우편기의 조종사가 두 손을 호주머니에 찔러 넣은 채 비행기에 기대고 서 있는 걸 보았다.

"자네가 가나?"

"응."

"파타고니아 우편기는 왔어?"

"기다리지 않기로 했어. 실종됐어. 날씨는 좋아?"

"아주 좋아. 파비앵이 실종됐다고?"

그들은 파비앵에 대해 더 이상은 말하지 않았다. 깊은 동지애는 말이 필요 없는 것이었다.

아순시온에서 온 우편물들이 유럽 노선 우편기로 옮겨지는 동안, 조종사는 머리를 젖혀 조종석 등받이에 목덜미를 대고는 꼼짝 않은 채로 별을 바라보고 있었다. 그는 엄청난 힘이 솟으면서 뿌듯한 기쁨을 느꼈다.

"다 실었나? 그럼 엔진에 시동을 걸어." 하고 누군가가 말했다.

조종사는 여전히 꼼짝하지 않았다. 누군가가 시동을 걸고 있었다. 조종

사는 기체에 기댄 어깨를 통해 비행기가 살아 숨쉬는 걸 느꼈다. 출발한
다…… 출발하지 못한다…… 출발한다! 하고 수 차례의 헛소문이 나돈
끝에 드디어…… 조종사는 마음이 놓였다. 그의 입이 방긋이 벌어지면서
달빛을 받은 그의 치아가 흡사 야수의 이빨과도 같이 반짝였다.

"그래도 조심해, 밤이니까!"

동료들의 충고가 귀에 들어오지 않았다. 그는 두 손을 호주머니에 찔러
넣고 머리를 젖힌 채 구름과 산, 강과 바다를 향해 소리 없이 웃었다. 조
용한 웃음이었지만, 몸 속에서 나오는 그 웃음은 미풍이 나뭇잎을 흔들
듯 온몸을 흔들고 있었다. 그 웃음은 약하지만, 구름보다도 산보다도 강
보다도 바다보다도 훨씬 더 강했다.

"왜 그러고 있는 거야?"

"그 바보 같은 리비에르가 글쎄…… 내가 두려워하는 줄로 알고 있는
게 하도 기가 막혀서!"

23

1분 후면 그 비행기가 부에노스아이레스의 상공을 날아길 것이고, 다시 투쟁을 시작하는 리비에르는 그 비행기의 굉음을 듣고 싶었다. 그는 별을 향해 행군하는 군대의 힘찬 발소리처럼 그 비행기가 굉음을 내다 사라지는 걸 듣고 싶었다.

리비에르는 팔짱을 낀 채 사무원들 사이를 지나가다 창문 앞에 멈춰 서서 귀를 기울이며 생각에 잠겼다.

그가 만약 단 한 번이라도 출발을 중지했다면, 야간 비행의 명분을 잃고 말았을 것이다. 내일이면 자기를 비난할 마음 약한 자들을 앞질러 리비에르는 지금 또 다른 한 팀의 승무원을 밤하늘로 내보낸 것이다.

승리니…… 패배니…… 하는 따위의 말들은 아무런 의미가 없다. 생명은 그런 표상을 감당해내지 못하고 이미 새로운 표상을 준비하고 있는 것이다. 승리는 한 국민을 약하게 만들고, 패배는 또 다른 국민을 각성시

킨다. 리비에르가 어쩔 수 없이 겪은 패배는 어쩌면 진정한 승리에 가까워지라는 격려인지도 모른다. 중요한 것은 오직 전진하는 일뿐이다.

5분 후면 여러 무선전신국들이 비행장들에 경보를 내릴 것이다. 1만5천 킬로미터에 걸쳐 퍼져 나가는 생명의 전율이 모든 문제를 해결해주리라.

이미 비행기라는 오르간의 노래가 하늘 속으로 점점 올라가고 있었다.

리비에르는 그의 엄한 시선과 마주치지 않으려고 고개를 숙이는 사무원들 사이를 천천히 걸어서 자신의 사무실로 돌아가고 있었다. 위대한 리비에르, 막중한 책임이 따르는 승리를 짊어지고 있는 승리자 리비에르.

작가와 작품해설

쌩 떽쥐뻬리의 생애와 작품 세계

앙투안 마리 로제 드 쌩 떽쥐뻬리는 장 드 쌩 떽쥐뻬리와 마리 보예 드 퐁스콜롱브 사이에서 1900년 6월 29일에 리용에서 출생했다. 1904년, 그의 나이 네 살 때 아버지가 세상을 떠나자, 숙모 집과 할머니 집을 왕래하며 유년시절을 보냈다. 이때부터 이미 기계에 열중하고 발명하기를 좋아했으며, 어린 나이에도 혼자 기차여행을 즐겼다.

1909년에 르망으로 이사를 가게 되어 노틀담 드 생트크루아 예수회 학교에 입학했으나, 학교 생활에는 잘 적응하지 못했다. 열두 살 때 라틴어 선생님 밑에서 로마시대의 전쟁기구를 배우기 위해 『율리우스 카이사르』를 번역했으며, 조종사 베드린을 알게 되어 앙베리외 비행장에서 처음으로 비행기를 타보고 너무나 감격하여 그 경험과 감동을 시로 썼는데, 이것이 계기가 되어 그의 문학과 항공이 밀접한 관계를 갖게 된다.

1914년에 제1차 세계대전이 일어나고, 어머니가 앙베리외 종합병원에서 간호사로 일하게 되자 그는 동생 프랑수아와 함께 빌프랑슈 쉬르 손에 있는 몽그레 중학교로 전학했는데, 두 형제는 이 학교에 적응하지 못했다. 1915년 1월, 두 형제는 스위스의 프리부르크로 가서 마리아회 수도사들이 운영하는 국제적 시설의 중학교에 입학하여 1917년까지 공부했다. 이 시기에 발자크, 보들레르, 도스토예프스키 등의 작품을 탐독했다. 그러나 1917년 봄에 프랑수아의 건강 문제로 프랑스로 돌아왔지만, 동생은 심장병으로 사망했다. 아버지의 죽음에 이어 동생의 죽음, 어린 나이에 이미 삶과 죽음에 대해 깊은 사고를 하기에 이른다.

1918년에 대학 입학자격 시험에 합격, 해군사관학교에 들어가기 위해 파리의 보쉬에 고등학교와 생루이 고등학교에서 공부했다. 그러나 1919년 6월, 해군사관학교 입학시험에 낙방했다. '전쟁터에서 돌아온 병사에 대한 느낌을 서술하라' 는 문제가 나왔는데, 그 문제가 마음에 들지 않아 '나는 전쟁에 나간 일이 없다. 따라서 그런 것에 대해 아는 척하며 쓰고 싶지 않다' 라고 답안지에 적었던 것이다.

해군사관학교 입학시험에 낙방하고 파리 미술학교 건축과에 입학했다. 남다른 사고를 가진 쌩 떽쥐뻬리의 행동은 때로 거친 면도 있어서 루이지아나 호텔에서 난폭하게 굴다 파리경시청에 잡혀간 일도 있었다.

1921년 4월, 스트라스부르그의 제2 전투기 연대에서 군복무를 시작한다. 처음에는 비행기 수리공장에 배치되었으나, 민간 조교에게 조종술을 배웠다. 비행기에 몰래 올라 단독 비행을 하다 사고를 냈으나 부상을 입지는 않았다. 사고의 대가로 영창 신세를 졌지만, 그는 자신의 용기에 오히려 만족했다. 두 달 후, 모로코의 라바트에 전속되었고, 민간인 조종사

면허를 얻었다.

1922년 초에는 프랑스 남부의 이스트르에서 육군 비행 조종 생도가 되어 마침내 10월에 군용기 조종사 면허를 얻고 예비역 육군소위로 진급했다. 34 공병연대의 정찰 비행대원으로 배속되었고, 두 번째 사고를 내어 두개골이 파열되는 중상을 입었다.

1923년, 바레 장군의 추천으로 공군에 입대하려고 했으나 약혼녀 가족들의 반대로 입대가 좌절되면서 중위로 제대한 얼마 후 약혼녀와도 파혼한다. 그 후 3년 간 타일 공장에 취직하는가 하면 소레 트럭 회사에서 세일즈맨으로도 근무하면서 글쓰기에 전념했다. 주위 사람들과는 그리 원만하지 못했지만, 사촌누이가 운영하는 파리의 살롱에서 앙드레 지드, 장 프레보와 교우했고, 니체, 발레리, 지로두, 아인슈타인의 저서를 탐독했다.

1926 4월에 『남방 우편기』의 초고에 해딩하는 『비행사』를 「은선(銀船)」이라는 잡지에 발표했다. 10월에 그의 재능과 실천적 행동을 눈여겨보았던 보쉬에 고등학교의 신부의 추천으로 라테코에르 항공회사에 입사하여 툴루즈 지사로 발령을 받고, 디디에 도라 밑에서 민간 항공기 조종사로 일하게 된다.

1927년에는 우편기 조종사로서 툴루즈—카사블랑카, 카사블랑카—다카르 노선의 우편 비행을 담당했다. 이 노선에는 비행의 선구자들이자 진정한 친구가 되는 메르모즈와 기요메도 참여했다. 모로코 내란이 한창이던 때에는 카사블랑카—다카르 노선에 있는 케이프 쥐비 비행장의 책임자로 부임했다. 사막 어귀에 위치한 오지에서 호전적 무어인들의 공격을 받으며 18개월을 지내는 동안 그는 완전무결한 인간, 즉 무한한 정신

력과 신의 모습을 닮은 인간을 꿈꾸게 된다. 이때의 경험을 토대로 『남방 우편기』를 쓰기 시작한다.

1928년, 프랑스로 귀국하여 브레스트에서 해군 고등 항공기술 훈련을 받아 면허를 획득했고, 그해 말 『남방 우편기』를 출판했다. 1929년, 라테코에르 항공사가 프랑스―남미 항공망을 담당하는 아에로포스탈 항공사로 바뀌자, 이 회사의 파타고니아 노선을 관장하는 항공우편지사장으로 부에노스아이레스로 파견되었다. 이곳에서 프랑스―모로코 노선의 동료였던 메르모즈, 기요메와 재회하게 된다.

1930년 4월에 쥐비 곶에서 이룬 공적으로 레지옹 도뇌르 훈장을 받았다. 기요메가 안데스 산맥을 횡단 비행하던 중에 폭설에 휩쓸려 실종되는 사고가 일어나는 바람에 직접 5일 간에 걸친 구조 활동을 벌였지만 실패했는데, 기요메는 17일 만에 생환했다. 이 무렵에 『야간 비행』을 쓰기 시작한다.

1931년에 파리로 돌아온 그는 부에노스아이레스에서 알게 된 기자 고메스 카릴로의 미망인 콘수엘로 순씬과 4월에 결혼했다. 5월에 프랑스와 남미를 연결하는 항공우편에 종사하면서 카사블랑카―포르에티엔을 잇는 노선을 비행했다. 같은 해, 앙드레 지드가 서문을 써준 『야간 비행』으로 페미나 문학상을 수상했다. 1932년 2월, 마르세유―알제 간의 수상비행기 시험비행에 참가했다가 생라파엘망 만(灣)에서 사고를 당해 구사일생으로 구조되었다. 1934년까지 파리에 머물면서 문인들의 모임에 자주 모습을 보였다. 그리고는 1934년에 신설된 에어 프랑스의 홍보실에 입사해 유럽 각지와 북아프리카, 아시아 등을 여행했다. 1935년에 「파리 스와르」지의 특파원으로 모스크바에 파견되었다. 12월 29일에 12월 29일 파리-사이공 간 비행 시간 기록을 경신할 목적으로 정비사 프레보와 함께 비행하다 리비아 사막에 불시착했으나, 낙타몰이꾼에게 발견되어 구조되었다. 이때의 체험은 『인간의 대지』에 생생하게 그려져 있다.

1936년 8월 「랑트랑장」 지(紙) 특파원으로 내전이 한창인 스페인에서 제트기에 대한 구상을 했다. 그해 12월 7일에 가장 사랑하던 친구 메르모즈를 잃는 슬픔을 겪는다. 이듬해에 카사블랑카와 통부르투를 연결하는 새로운 노선을 개척했다. 「파리 수아르」지의 특파원으로 다시 스페인 내전을 취재했고, 9월에 뉴욕과 티에라 델 푸에고를 연결하는 아메리카대륙 횡단항로의 개설을 위해 미국으로 갔다. 1938년 2월 15일에 항로 개설을 위해 비행하다 과테말라에서 큰 사고를 당했다. 일주일간 혼수상태에 빠져 있다 기저적으로 소생하여, 병상에서 『인간의 대지』를 완성했다. 1939년에 출판된 『인간의 대지』로 4월에 아카데미 프랑세즈 대상을 수상했고, 미국에서 『바람과 모래와 별들』이라는 제목으로 번역 출간된 이 작품은 '이 달의 양서'로 선정되면서 베스트셀러가 된다.

제2차 세계대전, 많은 사람의 만류에도 불구하고 그는 동원령에 따라 대위의 계급을 달고 툴루즈 몽토랑 기지에서 비행 교관으로 복무했다. 그러나 비행 교관의 임무에 만족하지 못하고 전투에 참여하겠다는 주장을 끝내 관철시켜 2-33 정찰 비행단에 전투조종사로 참여하게 되고, 이때부터 『어린 왕자』를 집필하기 시작한다.

1940년 5월 22일 오를리에서 아라스 상공을 정찰하는 임무를 수행했고, 이 작전에 참여해서 세운 공으로 공군에서 무공훈장을 받았다. 8월 5일에 제대하여 귀국한 그는 누이의 집에서 휴양하며 『성채』를 집필하지만, 이 작품은 그의 생전에 출간되지 못하고 사후에 출간된다. 미국에 망명할 결심할 하고 11월에 포르투갈로 출발했는데, 기요메가 항공우편업무 비행중 독일군 전투기에 격추 당해 12월 29일에 사망했다는 소식에 큰 충격을 받고 뉴욕에 정착하게 된다. 미국에서 프랑스 국민에게 사랑이 담긴 교훈과 용기를 주려고 강연과 저술에 몰두했으며, 1942년 2월, 『전투 조종사』가 미국에서 『아라스 지구 비행』이라는 영문 제목으로 출판되었다. 이 작품은 같은 해 프랑스에서도 출간되었으나 독일 점령군에 의해 판금이 되었다.

같은 해 11월 6일, 연합군이 북아프리카 대륙 상륙 작전에 성공하자, 당시 알제에 있던 2-33 정찰 비행단에 복귀를 요청했다. 1943년 2월에 『어느 인질에게 보내는 편지』가 출판되었고, 4월에는 『어린 왕자』가 출판되었다. 그리고 5월에 그는 정찰 비행단에 복귀가 허락되었다. 이때도 나이가 장애가 되었지만, 그는 결국 우디다에 배치되었고 여기서 라이트닝 기를 조종하기 위해 새로이 훈련을 받고 소령으로 승진했다.

7월에는 튀니스 근방의 라마르 기지에서 미국 제7군에 배치되어 사진촬영을 위해 론 계곡 상공을 비행하고 돌아와 착륙할 때 저지른 실수로 또다시 예비역으로 전역하지 않을 수 없었다. 『성채』 원고를 다듬으며 우울한 생활을 보내던 중에 샤생 대령의 도움으로 제31 폭격기대에서 배속되어 2-33 비행단 복귀를 위한 수많은 훈련 비행을 하던 중에 마침내 5회 출격이라는 조건으로 정찰 비행단에 복귀했다. 1944년 7월에 2-33 비행단은 코르시카에서 보르고로 기지를 옮겼는데, 이때 쌩 떽쥐뻬리는 5회를 넘어 8회의 출격을 한 후였다. 7월 31일의 출격, 이것이 쌩 떽쥐뻬리에게 최후의 비행이었다. 아침 8시 30분, 그르노블—안시의 상공을 향해 그가 조종하는 비행기가 이륙했다. 사진촬영 임무를 마치고 정오 경에 다시 바다로 나오기로 되어 있었지만, 그는 끝내 나타나지 않았다. 6시간분의 연료를 넣고 출발했기 때문에 시간이 지남에 따라 돌아오지 못하리라는 것이 점점 분명해졌다.

쌩 떽쥐뻬리의 실종에 관해서는 아직도 명확하게 밝혀진 것이 없다. 여러 해 후 에르만느 코르트 목동이 코르시카의 바스티아에서 북쪽으로 약 60마일 떨어진 바다에서 독일군 비행기에 격추되는 걸 목격했다고 증언한 것밖에는……

쌩 떽쥐뻬리가 1929년 아르헨티나 항공우편사의 지사장으로 부임해 있는 동안의 체험을 그리고 있는 『야간 비행』은 '행동주의 문학' 이라는 새로운 분야를 개척하면서 비행 문학의 기념비적 작품으로 영원히 남을 작품이라는 평가를 받으며 1931년에 페미나 상을 수상했다.

마흔넷이라는 짧은 생애를 일기로 세상을 떠난 쌩 떽쥐뻬리, 인간의 영원성이라는 명제를 추구하면서 폭넓고 거시적인 사고(思考)를 기록하고 떠난 작가. 그는 비행기를 연장으로 주어진 사명을 묵묵히 이행하는 행동파였고, 그 행동을 통해 얻은 사고의 결실을 글로 남겼다. 그의 사상이 더욱 돋보이고 고귀해 보이는 까닭은 다다이즘이나 초현실주의의 허무주의적 자세를 비판하고 영웅적 행동을 중시하면서 『야간 비행』에 제시한 인간의 영원성 추구에 시종 일관했다는 점에 있을 것이다.

쌩 떽쥐뻬리가 툴루즈에서 근무할 당시 직장 상사였던 디디에 도라를 모델로 한 리비에르, 리비에르가 추구하는 인간은 인류의 문명사상 초유의 야간항로개설이라는 위험한 작업에 참여하는 인간이며, 야간항로의 개척은 곧 '인간의 영원성' 을 상징하는 것이다. 하지만 파타고니아 노선 우편기를 몰고 야간 비행을 하다 악천후 속에서 연료 부족으로 죽어 가는 파비앵과 그 아내의 절망 앞에서 번민하던 리비에르는 인간의 개인적인 행복을 초월하는 것, 육신과 다름없이 덧없는 행복을 초월하고 보다 영속적인 존재가치를 인간에게 부여할 길은 없는지 생각해본다. '페루의 고대 잉카족이 태양신을 모셨던 신전이 떠올랐다. 산 위에 똑바로 서 있는 돌기둥들. 그 돌기둥들이 없었다면 오늘날 인류의 양심을 무겁게 짓누르는 경이적인 문명에서 무엇이 남아 있겠는가? 잉카 문명의 지도자는 대체 어떤 무자비함, 아니 어떤 이상한 사랑이라는 미명 아래 백성에게 산꼭대기에 신전을 쌓아올리라고 명하면서 그 문명의 영원성을 세우게 했을까?(……) 고대 민족의 지도자는 아마도 인간의 고통에 대해서는 동정심을 느끼지 않았지만, 인간의 죽음에 대해서는 동정심을 느꼈으리라. 개인의 죽음에 대해서가 아니라 사막에 묻혀버릴 종족의 소멸에 대해서 동정심을 느꼈으리라. 그래서 그 지도자는 사막에 묻혀버리지 못할 돌기둥이나마 세우고자 백성을 끌고 산상으로 갔던 것이다.(본문 중에서)'

야간항로개척을 위해 덧없는 육신을 던져 영원과 바꾼 조종사들. 이제 조종사들이 창조해낸 문명은 하찮은 개체 속에 있는 것이 아니고 공동체의 개념 속에 있는 것이다. 쌩 떽쥐뻬리는 『야간 비행』에서 개인주의를 초월한 집단적 책임의식의 중요성을 강조하고, 책임을 다하는 행동을 원칙으로 삼아 개인보다 더 큰 공동체의 사업에 참여하는 인간의 가치를 생생하게 전하고 있다.

작가연보

1900년 6월 29일, 장 드 쌩 떽쥐뻬리와 마리 보예 사이에서 셋째 아들로 리용
에서 출생.

1904년 아버지 사망. 어린 시절을 생모리스 드 르망의 숙모 집과 할머니 집에
서 자람.

1909년 르망의 노틀담 드 생크루아 예수회 학교에 입학.

1912년 앙베리외 비행장에서 비행기를 처음 타보고 감동, 그 경험을 시로 씀.

1914년 10월, 빌-프랑슈-쉬르-송에 있는 몽그레 예수회 중학교로 전학.

1917년 동생 프랑수아 사망. 바칼로레아(대학입학자격 시험)에 합격. 해군 사
관학교 입학을 위해 파리 보쉬에 고등학교와 생루이 고등학교서 수학.

1919년, 해군사관학교 입학 시험에서 낙방. 파리 미술학교 건축과에 입학.

1921년 4월, 스트라부르그 제2 비행 연대의 수리 공장에 배치, 조종술 훈련을
받고 모로코의 제37 비행 연대에 배속되어 조종사 면허증 받음.

1922년, 예비역 중위로 제대.

1923년, 루이즈 드 빌모렝과 약혼. 약혼녀의 반대로 비행사의 꿈을 접음, 약혼
자와 파혼.

1924년, 소레 트럭 제조회사에서 세일즈맨으로 근무하며 글쓰기에 전념.

1926년 4월, 『남방 우편기』의 초고에 해당하는 단편소설 『비행사』 발표. 10월
에 라테코에르 항공 회사에 입사해 툴루즈 지사로 발령 받아 지사장
디디에 도라를 만남.

1927년, 툴루즈-카사블랑카-다카르 간의 정기 우편기 조종사로 근무.
주비 곶으로 파견되어 비행장 주임으로 근무.

1929년, 프랑스로 돌아와 『남방 우편기』 발표. 브레스트에서 항공 훈련을 받
고, 10월 부에노스아이레스에서 아르헨티나 항공회사 지사장으로 부임.

1930년, 안데스 산맥에서 실종된 기요메를 찾기 위해 5일 간 수색 비행.
『야간 비행』 집필.

1931년 4월, 신문 기자의 미망인 콘수엘로 순신과 결혼. 5월에 프랑스와 남미
를 연결하는 항공 우편기 사업에 종사. 앙드레 지드가 서문을 붙인
『야간 비행』을 출간하여 12월에 페미나 문학상 수상.

1932년, 마르세유-알제리, 카사블랑카-다카르 간 비행사로 근무.

1934년, 에어 프랑스에 입사하여 홍보실에서 근무.
『야간 비행』이 미국에서 영화로 만들어짐.

1935년, 「파리 스와르」지의 특파원으로 모스크바에서 파견 근무.
12월 29일 파리-사이공 간 비행 시간 신기록 수립을 위해 정비사 프
레보와 함께 비행하다 리비아 사막에 불시착.

1936년 1월 2일, 5일 만에 낙타몰이꾼에게 구조됨. 「파리 스와르」지의 특파원

으로 스페인 내란을 취재.

1938년 2월, 뉴욕과 남미 대륙 최남단에 위치한 섬을 잇는 장거리 비행 도중에 과테말라에서 추락하여 의식불명 상태에 빠지는 중상. 뉴욕에서 요양 중에 『인간의 대지』 집필.

1939년, 파리로 돌아와 『인간의 대지』 출간하고, 4월에 아카데미 프랑세즈 대상 수상. 미국에서는 『바람과 모래와 별들』이라는 제목으로 번역 출간되어 '이 달의 양서'로 선정. 제2차 세계대전 발발로 인해 툴루즈 몽토랑 기지에서 비행 교관으로 근무. 11월에 오르콩드의 2-33 정찰 비행단에 배속됨. 『어린 왕자』 집필.

1940년 5월 10일, 독일군 프랑스 침공. 아라스 지구 정찰 비행. 6월에 기재를 보르도에서 알제리로 대피시키는 임무 수행. 8월에 프랑스로 돌아가 『성채』 집필. 12월에 뉴욕으로 출발.

1941년, 캘리포니아에서 외과수술 받음. 『전투 조종사』 집필.

1942년, 『전투 조종사』가 미국에서 『아라스 지구 비행』이라는 영문 제목으로 출판. 파리에서도 출간되었으나 비시 정부에 의해 판매 금지.

1943년, 『어느 인질에게 보내는 편지』와 『어린 왕자』 출간. 2-33 정찰 비행단에 배속되어 소령으로 진급. 비행중 부상을 당해 알제에서 치료를 받으며 비행단 복귀 운동을 하는 한편 『성채』 집필 계속.

1944년, 5회만 출격한다는 조건으로 2-33 정찰 비행단에 복귀. 7월 31일 코르시카 기지를 출발, 그르노블-앙시 상공으로 정찰 비행을 떠난 후 돌아오지 않음. 지중해 해상에서 독일군 전투기에 격추, 전사한 것으로 추측됨.

1948년, 미완성 작품 『성채』 출간.

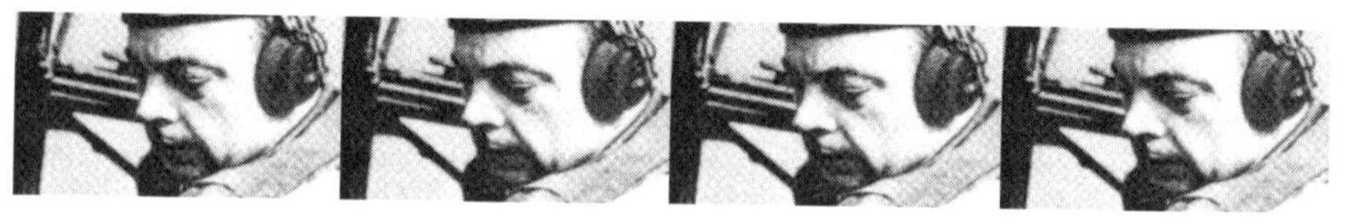

Antoine de Saint-Exupéry